天に㋮のつく雪が舞う！

喬林　知

JN266148

12964

角川ビーンズ文庫

天にマのつく雪が舞う!

天にマのつく雪が舞う!
ヨザック
【グリエ・ヨザック】
コンラッドの幼なじみ
にして戦友。
任務の名目で
女装もたしなむ。
コンラッド
【ウェラー卿コンラート】
前魔王の次男で、
ユーリの名付親。
現在、行方不明。
ユーリ
【渋谷有利】
正義感と負けん気が
人一倍つよい高校生。
第27代魔王に就任。
主人公。
Tomo Takabayashi
illust. Temari Matsumoto

登場人物紹介
ギュンター
【フォンクライスト卿
ギュンター】
王佐、つまり魔王の
教育係として
ユーリに仕える貴族。
愛が暴走気味。
ヴォルフラム
【フォンビーレフェルト卿
ヴォルフラム】
前魔王の三男。
ひょんなことから
ユーリの婚約者に。
グウェンダル
【フォンヴォルテール卿
グウェンダル】
前魔王の長男。
趣味・あみぐるみ。
冷徹な皮肉屋。
村田　健
通称・ムラケン。
ユーリの友人。
ごく普通の眼鏡くん
と思いきや意外と
奥が深い。

本文イラスト／松本テマリ

けっこう遅《おそ》くまで、おれは自転車に乗れなかった。

場所は公園、補助輪無しの子供用サイクル。アニメのキャラクターが描《えが》かれた青い車体には、親父《おやじ》の意向で野球ステッカーが貼《は》りまくられていた。

「ぜったいだよ、ぜったいはなさないでよ」

荷台を摑《つか》んで支える父親は、中腰《ちゅうごし》のままで頷《うなず》いた。

「大丈夫《だいじょうぶ》だ、ゆーちゃん、絶対離《はな》さないから。離すときはちゃんとそう言うから」

お約束だ。

興奮と緊張《きんちょう》で震《ふる》える足で、おれは重いペダルを踏《ふ》み始めた。両側が一回転する頃《ころ》には、頬《ほお》に初夏の風が弱く当たり、短い前髪《まえがみ》が額を打つ。父親の足音が速くなり、駆《か》け足で自転車を支えているのが判《わか》る。やがてそれも聞こえないくらい気持ちが高ぶって、ペダルの重さが半分になった。走り出したんだ、自分の力で！　距離《きょり》にしてみればほんの数百メートルだったろう。それでもおれは子供っぽい達成感で、ずっと遠くにいるはずの親父を振《ふ》り返った。

「のれたよーっ……あれ？」

父親はまだ自転車の荷台を摑んだままで、真っ赤な顔で息を切らせていた。

「な？　パパ、約束、どおり、離さなかった、だろ？」

その出来事を思い出すたびに、おれはひどく情けない気持ちになってしまう。

……普通《ふつう》さあ、途中《とちゅう》で離すもんじゃないの？

1

相当情けない顔になっているはずだ。

なにせこの銀のマスクの中は、冬だというのに蒸《む》し暑い。

「ぷは。おまけに息もしづらいんだよ」

睫毛《まつげ》が引っ張られるのを我慢《がまん》して、おれは勢いよく覆面《ふくめん》を剝《は》ぎ取った。空気が鼻と口から流れ込み、上気した頰も急速に冷やしてくれる。

「まったくさあ、よくこんなの何年も被《かぶ》っていられたもんだよ。フリンもノーマン・ギルビットさんも」

「恐《おそ》らくこんなに動き回らなかったんだろうね」

街の入り口で馬を降りてから、港付近まで徒歩で移動するしかなかった。石畳《いしだたみ》が割れ、隆起《りゅうき》した路面には、倒《たお》れた家や水の溜《た》まった溝《みぞ》が点在していたからだ。それだけではない。絶望した人々は所構わず座り込み、親や食べ物を求めて泣き叫《さけ》ぶ子供達が、よろめきながら道を横切った。馬ではとても進めない。

決して触れてはならないとされる四つの箱。そのうちの一つ「地の果て」を小シマロンが間違《ちが》った鍵《かぎ》で開いたために、封《ふう》じられていた未知の力の一部が暴走し、カロリアを含《ふく》む大陸中西部は壊滅《かいめつ》的なダメージを受けた。

フリン・ギルビットは気丈《きじょう》にも涙《なみだ》も見せず、必死で歩き回って住民に声をかけ続けた。館《やかた》に戻《もど》り、数少ない配下の者達に命じて、すぐに水や食糧《しょくりょう》を運ばせると励《はげ》まして回った。ノーマン・ギルビットの仮面をつけたおれも、彼女と一緒《いっしょ》に動いていた。

フリンは疲《つか》れ切った身体《からだ》に鞭打《むちう》つように、領主の妻としての務めを賢明《けんめい》に果たした。発熱と腹痛で椅子《いす》から立てなくなっても、執務《しつむ》室《しつ》に各地方の担当者を集め、約束どおりカロリア全土に均等に物資を配分した。

だが、館にあった備蓄《びちく》分だけでは、人々の飢《う》えは到底《とうてい》満たされない。

やっと戻ってきたカロリアは、それほどに壊滅的だったのだ。

動けなくなった彼女を無理やり部屋に残し、おれたちはギルビット商港に来ていた。活気に満ち、頑強《がんきょう》だった港は見る影《かげ》もなく破壊され、美しかった石畳は砕《くだ》けて飛び散っていた。深く、幅広《はばひろ》い溝が何本も土地を横切り、まるで川のように水が流れ込んでいた。通りに面した住居は殆《ほとん》ど崩《くず》れ、都市の機能は果たせない。内陸ののどかな農耕地は、海水をかぶって土も草も枯《か》れていた。

数日前まで善良な市民だった人々が、崩れた店から食料を奪《うば》っていた。仲の良い隣人《りんじん》同士が井戸《いど》の所有を巡《めぐ》って殴《なぐ》り合い、飢えた子供はもう泣くだけの気力もなく、虚《うつ》ろな目をして地面に座り込んでいる。

元々、若者の少ない国だ。力も物資も足りない。打ちのめされた女性と子供と老人は、寒空に屋根もないまま震《ふる》えていて、日が暮れても灯《あか》りが点《とも》るのは、停泊《ていはく》中の商船の上だけだ。

何人かが住民をまとめようと、無気力な人々に声をかけて回っていたが、それよりもっと声の大きい男が、街角でこの世の終わりを叫んでいる。

「あながち間違ってはいないけど」

「なんだって？　世界が滅《ほろ》びるとかそういうこと？　馬鹿《ばか》馬鹿しい、ノストラダムスじゃないんだから」

村田《むらた》の呟《つぶや》きに答えようとしたが、不覚にも声が上擦《うわず》ってしまった。初めての光景を目の前にして、おれは掌《てのひら》に汗《あせ》をかいている。いや、掌だけじゃない。首にも背中にも伝う汗は、あっという間に体温を奪っていく。身体の震えが止められない。

「……どうにかしないと」

誰《だれ》かが、どうにかしないと。

「畜生《ちくしょう》、でもどうすればいいんだかさっぱり判んねえよ……おれずっと関東に住んでたし、避《ひ》難《なん》訓練真面目《まじめ》にやったくらいじゃ、こういうとき実際にどうしたらいいか……」

「テレビってありがたいねえ、渋谷《しぶや》」

　こんなときに何を言いだすのかと、おれは虚《きょ》をつかれて村田を見た。人工金髪《きんぱつ》、カラーコンタクトの友人は、穏《おだ》やかな笑顔《えがお》で港の向こうを眺《なが》めている。

「いっぱい映してるよね、被災地《ひさいち》や難民キャンプ。体験するのは初めてでも、何となく知ってるような気にさせられる」

　確かに、映像ではいくらでも見ていた。ニュースやドキュメンタリーや、映画やドラマでも。

「それだけで随分《ずいぶん》違うもんだよ。まさか野球とアニメしか見ないわけじゃないだろ？　ちなみに良い子のみんなは部屋を明るくして、二メートル以上離れて見ましょう。まあ僕自身は」

　正体不明の友人は、軽く首を傾《かたむ》けて目を細めた。

「テレビもないラジオもないこの世界を、かなり懐《なつ》かしく感じるけど」

「車もそれほど走ってないしね……村田、お前ってほんとは……いや、やめとこ」

　彼がスカパーに入っているかどうかは、この際どうでもいい。それよりも重要なのは、自分には知識があるということだ。やったことはない、でも何だって最初は見様見真似《みようみまね》だ。兄貴と親父のキャッチボールを見て、初めて投げた日を思い出せ。

「食い物だ……いやまず水かな、動ける人間を集めて各地域に振り分けて……よくテント張って炊《た》きだししてるよな。ああやっぱ対策本部とか必要だけど、ユニセフも赤十字もいないもんなあ」

「でもきみは、やると言った」

そうだ。

おれは銀のマスクを握《にぎ》り締《し》める。沈《しず》まずに残っていた商船から、ヴォルフラムとダカスコスが戻ってきた。白いエプロンドレス姿のヨザックも一緒だ。白衣の天使のつもりなのだろう。両手いっぱいに布の袋《ふくろ》を抱《かか》えた、見知らぬ男を従えている。彼はおれの姿を確認《かくにん》すると、荷物を地面に取り落とした。いい年をした大人の顔が、たちまち泣きそうな歓喜《かんき》に変わる。

「ご無事で！」

ヴォルフラムもダカスコスも追い越《こ》して駆け寄り、おれの足下《あしもと》に跪《ひざまず》く。

「うわ、な、何事デスか⁉」

「よくぞご無事で……っ」

目まで潤《うる》ませたあげく深々と頭《こうべ》を垂れるので、頭頂部の毛の薄《うす》い部分が日光を受けて鈍《にぶ》く光った。ザビエル様・レベル1。

「思ったとおりだった。あれは我が国の船だ。商船に見せかけてはいるが、乗員は兵士で、この男が指揮をとっている。彼は艦長《かんちょう》のサイズモアだ」

麻袋《あさぶくろ》を蹴《け》って、先代魔王《まおう》の三男が言った。ふて腐《くさ》れたような表情だ。後から来た軍人さんに追い越されたことが、少し悔《くや》しかったのだろう。

黄の強い輝《かがや》く金髪と、湖底を思わせるエメラルドグリーンの瞳《ひとみ》。天使のごとき美少年。だがしかし付き合ってみるとその実体は、悪口雑言わがままプー……だったはずなのだが。どうもここのところのフォンビーレフェルト卿《きょう》ヴォルフラムは、初めて会った頃《ころ》と勝手が違う。あんなに似てない三兄弟だったのに、今では長兄《ちょうけい》の不機嫌《ふきげん》さと、次兄の臆面《おくめん》のなさまで身につけつつある。言ってみれば、伊達男《だておとこ》風の渋みがかった美少年？

さ、最悪だ。かないっこない。

「残りの船団も二、三日中には着くだろう。なにしろ骨飛《こつひ》族と伝書便の報を受けてすぐに、海上戦力の四半を発《た》たせたらしい。あの冷静な兄上がだ」

「四分の一って、何のためにそんな」

「お、前、を、捜、す、た、め、だ、ろ、う、がっ！」

わざわざ一音ずつ区切って、ヴォルフが怒《おこ》った顔を近づけた。

「自分の立場が判っているのか⁉　お前は何の手がかりもなく、絶望的な状況《じょうきょう》で国から消えたんだぞ」

「す、すみませんでした」

「まったく。ギュンターはオキクになっているし、コンラートはあんな……」

彼は一度、言葉を呑《の》み、おれから視線を逸《そ》らして話題を変えた。まだその時期じゃないと思ったのだろう。

「とにかく、この先次々と船が着く。恐《おそ》らく明日にはドゥーガルド家の高速艇《こうそくてい》が領海に入るだろう。海戦では最も高名な一族だし、何せあの船は信じられないくらい速い。カーベルニコフの魔動推進器を搭載《とうさい》しているからな。それで帰還《きかん》するのが一番安全だ」

「帰還って、誰が？」

「決まってるだろう、全員だ。もちろん同じ艦というわけにはいかないが」

「全員って、おれはまだ帰らないよ、まさかこのままじゃ帰れないでしょ。カロリアはこんな状態だし、あの箱の件だって気にかかるし、コンラッドの腕《うで》も……」

ウェラー卿のことを思うと、言葉と一緒に息も詰《つ》まる。気持ちの整理がつかない、というより、敢《あ》えてつけようともしていない。

「……全部どうにかするまで、還《かえ》れないよ……名前を騙《かた》ってるだけとはいえ、今のおれは一応ノーマン・ギルビットなんだ。住民の皆《みな》はおれを領主だと信じてるし、責任者がいるのといないのとでは、希望とかやる気とか、えーと、士気って単語であってる？　そういうので復興のスピードも違ってくるだろ」

開いた口がふさがらないという表情で、ヴォルフラムはおれの耳を引っ張った。

「何度でも言うぞ。おまえはばかか？」

おーまーえーはーあーほーかー、って感じだろう。

「この土地に何の責任があるんだ。お前の国は此処《ここ》か？　お前の治める民《たみ》はこの人間達か？　どうしても援助《えんじょ》したいというのなら、医療班《いりょうはん》や物資を残していけばいい。戦地での経験が豊富な兵もいるし、破壊《はかい》された街の修復に携《たずさ》わった者も捜せば……」

「そうか、そうだよな⁉　ギーゼラは医療のプロだもんな。来てくれたみんなの力を借りれば、被災地での活動もスムーズだよなっ」

「ユーリ！　ぼくはそんなことを言ったのではなく」

声のトーンまで変わったおれを見て、ヴォルフラムは苦い顔をする。自分では気付いていないだろうが、眉間《みけん》の皺《しわ》は長兄にそっくりだ。

「サイズモアさん、あんたの船に食糧《しょくりょう》と水はあるかな」

「食糧ですか？」

予想外の質問だったのか、ザビエル・レベル1は素《す》の声に戻《もど》ってしまった。

「難破した際に備えて、多少は積んでおりますが……」

「よかった！　さっそくそれを分けて欲しいんだ。できるだけ平等に、なるべく多くの人に行き渡《わた》るように。混乱しないよう並んでもらってさ。待てよ、乗組員の皆さんはうちの国の兵士なんだよなあ？」

「もちろんです。いずれも陛下のお言葉とあらば命をも惜《お》しまぬ者ばかりですし、グウェンダル閣下のご命令で、外見が人間により近い者達を多く選びましたので、潜入《せんにゅう》工作でもお役に立てるかと」

軍人は誇《ほこ》らしげに胸を張る。部下に自信があるのだろう。

「助かるなあ、じゃあ全員ボランティアに数えていいわけだ」

「ボラ……それはどのような任務でありますか」

「任務じゃないよ。自発的にやるからボランティアなんだって。よーし村田、人材確保！　あとは簡易住宅とか簡易トイレとか、欲しいものが山程《ほど》だ。ああ赤ん坊《ぼう》用に粉ミルクや紙おむつがあったら助かるかも。今はギーゼラ達が走り回ってくれてるけど、医療班も多いに越したことないし、薬も設備も必要だよな。ああ畜生《ちくしょう》ッ、全然足りない！　物資も資材も人員も」

「じゃあお願いしてみれば？」

村田はひょいと手を伸《の》ばして、おれの胸から白い物を取った。細くて長い。ロンガルバル川でカッパーフィールド商店の少年から買ったペーパーナイフだ。ペーパーだけど林家《はやしや》じゃなくて、正体不明生物の骨製民芸品。

「これに」

「土産物《みやげもの》に願い事して叶《かな》うなら、寺も神社もいらないよ」

「それは土産物じゃないぞ。れっきとした骨飛族の一部だ」

「なに⁉」

乾《かわ》いて軽いナイフを落としそうになる。

「てことはこれ、人骨⁉　なあ、人骨⁉」

「人骨じゃない、骨飛族だ。もしかしたら骨地族《こっち》かもしれないが。連中は集団で精神を共有する。次々と意思を伝え合うんだ。運が良ければ通信兵代わりになる。だから我々魔族の軍は、遠征時《えんせい》に伝達用の骨牌《カルタ》を持ち歩く。後発隊がお前の所在を知ったのも、元はといえば彼等の詩のせいらしいぞ。もっともぼくは骨飛族の情報になど頼《たよ》らず、自分の力でお前を……」

「へえ、見かけによらずポエマーなんだねー」

村田はポイントをずらして感心し、ヴォルフラムの自慢《じまん》の腰《こし》を折った。おれは手の中の民芸品をまじまじと眺《なが》めてから、物は試《ため》しと叫《さけ》んでみる。

「食糧と医薬品と簡易住宅と粉ミルクとっ……」

「保険代わりにこっちも使っておきます？」

皆の視線が集まった先で、ヨザックが胸元《むなもと》から鳥を出した。両方の翼《つばさ》を畳《たた》んだままの、白くて綺麗《きれい》な鳩《はと》だった。

「すげえ、ミスター・マリックみたい」

「いやだわ陛下、ヨザックですってばぁ」

「ていうかナマ鳩胸、初めて見ちゃった。東京マジックロビンソン、ちょっとジェラシー」

感心する友人につられて視線を落とすと、ヨザックの右胸が平らになっていた。どうやら懐《ふところ》に鳩を詰めて、バストアップをはかっていたらしい。

不意《ふ》にサイズモアが振り返り、新たに入港してきた中型船を凝視《ぎょうし》した。海の軍人の硬《かた》い口調に戻る。

「耳障《みみざわ》りな波音がすると思えば。あれはシマロンの連絡艇《れんらくてい》ですな」

「え、てことは追っ手⁉　わざわざそんな」

　ほんの十日ばかり前、おれたちは小シマロンで実験台にされかけていた。しかし小シマロン王サラレギーの飼い犬、刈《か》りポニことナイジェル・ワイズ・マキシーンが間違《まちが》った「鍵《かぎ》」で「箱」を開けようとしたため、未知の力の一部が暴走し、大陸を縦断する大地震《おおじしん》を引き起こした。その混乱に乗じて脱出《だっしゅつ》し、そりゃもう死ぬ思いでここまで這《は》い戻ってきたのだ。

　だがあの惨状《さんじょう》から考えて、小シマロンがわざわざ追っ手を放つとは思えない。おれが某国《ぼうこく》の王様だってことは、マキシーンには知られていないはずだし。

「あの旗標《はたじるし》は大シマロンのものです。忘れもしないサラフィアン海域での合戦では奴等《やつら》の卑怯《ひきょう》な夜襲《やしゅう》に虚《きょ》を突《つ》かれましたが、すぐさま態勢を立て直し、逆にあの忌々《いまいま》しい黄色の布を数え切れぬ程燃やしてやりました！　朱《しゅ》に染まる海面に燻《くすぶ》る敵艦旗《てきかんき》、今でも興奮で身体《からだ》が震《ふる》え……はっ、陛下、申し訳ございません！　久々に憎《にく》き大シマロンの船を目にし、つい我を失ってしまいました」

　熱くなりやすい性格のようだ。

「けど、フリン・ギルビットは大シマロンに協力しようとしてたんだから、責められる筋合いはないよな。じゃあ何でこのくそ忙《いそが》しい時期に、本国からお出ましになったんだろ」

「緑の三角旗を掲《かか》げている。あれは各国を巡《めぐ》る使者だ。覚えておけユーリ、使者は絶対中立だ。攻撃《こうげき》することは全海域で禁じられている」

「はー、湘南《しょうなん》シーレックス色の旗は攻撃禁止ね」

黄色の国旗の下に白っぽい緑の三角旗をはためかせ、中型船は滑《すべ》るように港に入ってきた。よほど腕のいい操舵手《そうだしゅ》なのか、傾《かたむ》いたり転覆《てんぷく》した状態の船を難なく避《よ》けて着岸する。

二人の痩《や》せた青年が、優雅《ゆうが》な足取りでタラップを降りてくる。まずそっと爪先《つまさき》を出し、静かに踵《かかと》をつけるといった具合だ。バージンロードを歩く花嫁《はなよめ》さんみたい。

「顔を隠《かく》さないとまずいんじゃないの？　少なくとも髪《かみ》と目くらいは」

村田に言われるまで気がつかなかった。おれは慌《あわ》ててノーマン・ギルビットの銀のマスクを被《かぶ》り、後頭部でいい加減に革紐《かわひも》を結んだ。

人間の大国から来た使者達を、カロリア自治区の委任統治者として迎《むか》えるためだ。

本来の統治者であるノーマン・ギルビットが既《すで》にこの世にいないことを、あの連中は知っているのだろうか。いずれにせよフリンが寝込《ねこ》んでしまっている今、この土地の代表として使者に会えるのは「仮面の男」であるおれだけだろう。

ヨザックとサイズモア艦長が移動して、さりげなくおれの脇《わき》を固めた。人間にしては美少年度が高すぎるかなあというヴォルフラムは、肘《ひじ》で後ろに追いやられている。背中には村田の気配があった。

二人の細い男は雲の中でも歩くみたいに近づいてきて、型どおりで無難な挨拶《あいさつ》をした。いかにも形式上のものらしく、気のない声と素振《そぶ》りだった。でも、おれが圧倒《あっとう》されていたのは彼等の態度ではなく、我々とはあまりに違う見た目だった。

「き、綺麗な髪デスね」

いきなり髪の毛を褒《ほ》められても、男としてはあまり嬉《うれ》しくないだろう。だが。

「ありがとうございます。長い髪は我等、大シマロン兵士の誇り。日々、卵油《らんゆ》を使って手入れをしております」

喜ぶ人間もいるようだ。

背後で村田が口ずさむ。

「フリーダイヤル0120シマロン兵士はミナロンゲー」

刈りポニもヨロシクね。

それにしても小シマロンでは刈り上げポニーテールが主流で、大シマロンではふわふわ風《かぜ》になびく長髪《ちょうはつ》が基本だとは。大と小ではやっぱり違うもんだ。所変わればモードも違う、大と小では流す水の量も違う。

使者は二人とも黄色と茶色でデザインされた制服を身につけ、極々緩《ごくごくゆる》いウェーブのかかった薄茶《うすちゃ》の髪を背中の中程まで伸ばしていた。一本一本が細いのか、とても柔《やわ》らかく軽そうに見える。雨の日のジャングルで戦いになったら、色々な意味で不利だろう。

どちらもさして特徴《とくちょう》のない、似たような赤土色の目をしていた。

「シマロン領、委任統治者、ノーマン・ギルビット殿《どの》か」

あーともうーともつかない返事をする。声も高からず低からずだ。それよりも進行役らしい右の男の「シマロン領」という言葉が気になった。ここは小シマロンの領地だったはずだ。

「此度《こたび》の災害では甚大《じんだい》な被害《ひがい》を被《こうむ》られたご様子。我等シマロンも宗主国《そうしゅこく》として、この地の一日も早い復興を願ってやみませぬ」

「あ、ありがとうございまする」

あらたまった語調で言われると、庶民《しょみん》育ちの身としてはどう応じたらいいのかさっぱりだ。

「本日はシマロン領カロリアの民《たみ》に『大シマロン記念祭典、知・速・技・総合競技、勝ち抜《ぬ》き！　天下一武闘会《ぶとうかい》』の開催《かいさい》を告げるべく参りました」

「は？」

思わず聞き返すおれに嫌《いや》な顔もせず、使者は抑揚《よくよう》を欠いた口調で繰《く》り返した。

「大シマロン記念祭典、知・速・技・総合競技、勝ち抜き！　天下一武闘会です」

なにやら芸能人の水泳大会みたいな名称《めいしょう》だ。それも女だらけのほう。ポロリはあるの？

「ギルビット殿のご采配《さいはい》により、シマロン領カロリアの民からも秀《ひい》でた戦士を選び、是非《ぜひ》とも参加されたし！」

「されたし！　ってそんな、手紙みたいに切られても」

ふわふわヘアの二人組は、一方的にそこまで言うと、厚くて手触《てざわ》りの悪い巻紙を手渡《てわた》し、来た道をなぞるように戻《もど》っていった。大急ぎで他《ほか》の国も回るのだろう。

「……なんですかその勝ち抜き！　天下なんとかってのは」

「十回だ」

村田が感心したように顎《あご》をかいた。

「何が」

「彼等がシマロンって言った回数だよ。辞去の挨拶まで入れると、十回を超《こ》すね」

「そんなこと真剣《しんけん》に数えても誰《だれ》もクイズになんかしないって」

「ふん、人間どものよく使う手だ」

後ろに追いやられていたヴォルフラムが、不快そうに鼻を鳴らす。

「ああやって何度も繰り返すことで、誰が宗主か思い知らせようとしている。そんなしみったれた方法でまで、権威《けんい》を示そうとするんだ」

「ヴォルフ、元プリがそんな品のない言葉使っちゃ駄目《だめ》だろ」

「じゃあ、きみんちはやらないんだー」

一瞬《いっしゅん》、背筋が寒くなる。特に悪意も感じられない、村田ののんびりした一言に。

「簡単だけどけっこう効果的だよー？」

「……く」

天使の如《ごと》き美少年、わがままプーのボルテージが上がった。たとえ口には出さなくとも、傍《そば》にいれば体温の上昇《じょうしょう》で判《わか》る。アドレナリンと血液が全身を駆《か》けめぐっている。

「ユーリっ！」

「うわ、は、はい」

「下らんことを考えてはいないだろうな⁉　いいか、お前は今すぐ眞魔国《しんま》に戻るんだ。人間どもの祭典になど、参加してやる義理はないぞ⁉　まったくお前は王としての自覚に欠ける。同じ国の者として情けないことこの上ない」

「おれに当たるのはよせ、おれに当たるのはッ」

　プライドが高く尊大だったヴォルフラムが、村田には正面切って食ってかからない。おれ自身まだ確かめられてはいないのだが、彼等の間には暗黙《あんもく》の了解《りょうかい》があるようだ。村田がひっかかる物言いをしても、三男の怒《いか》りの矛先《ほこさき》はおれ。気付かれないように観察していると、目を合わせないようにしている節もある。

　ギルビットの館《やかた》で事前に会っていたとはいえ、ヨザックもゲイカとかなんとか聞き慣れない呼び方をしていた。それに何よりこの世界に順応するのが早すぎる。まったくもって彼は不思議ちゃんだ。

　村田、お前ってホントは……何者？

　口にしかけた疑問をぐっと呑み込む。

　ここで友人にそれを訊《き》いたら、おれ自身のことも洗いざらい話さなければならないだろう。いきなり魔王ですと言われたなんて、正気の人間に信じてもらえるわけがない。おまけに八十二歳の美少年と婚約《こんやく》してるなんて知られたら、どんな反応されるか判ったもんじゃない。日本に戻ってから言いふらされ、彼女のできない一生を送るのがオチだ。それではあまりにわびしすぎる。

やがてくる（きてくれ！）薔薇色《ばらいろ》の十代のために、ここは偏《ひとえ》に辛抱《しんぼう》だ。

「さ、参加するもなにもさあっ」

押しつけられた巻紙を広げながら、おれは仮面の男じゃない声を出した。異国の地でも奮闘《ふんとう》中の、へなちょこ新前魔王ボイスだ。

「カロリアの本当の責任者はフリンなわけだし、ここはまず彼女に訊いてみるべきだろ」

「問う必要などない。ぼくらは帰るんだ」

「なんだろう、この歳《とし》にもなって、彼はホームシックなのかな」

うわあ。日本人の不用意な発言で、またしてもヴォルフラムの血液が逆流する。

でも村田、彼の実年齢《じつねんれい》を知ったら、きっと眼鏡《めがね》がすっ飛ぶくらい驚《おどろ》くよ。

2

「大シマロン記念祭典、走・攻・守・総合球技、勝ち抜き！　天下一選手権ですって？」

フリン・ギルビットは飾《かざ》り気《け》のないガウンに身を包み、覚束《おぼつか》ない足取りで寝室《しんしつ》から出てきた。

「……そんな名前じゃなかったような気がするけれど」

「あー違《ちが》ったかも。とにかくもうシマロンシマロン連呼でさ。しかも使者はサラサラふわふわヘアだしさ。これに詳《くわ》しく書いてあるらしい」

やっとのことでカロリアに戻った途端《とたん》、フリンは体調不良を訴《うった》えて床《とこ》に臥《ふ》してしまった。得体の知れぬ力の暴走で踏《ふ》みにじられた故郷の姿にショックを受けたのかもしれない。あるいは予想もしない過酷《かこく》な旅で、心身共に疲《つか》れ切ったのかもしれなかった。そりゃそうだ、当初の彼女の計画には、泳げもしないのに川に飛び込んだり、小シマロンの実験台にされることなど入ってもいなかったはずだ。領土化された国とはいえ、統治者の妻として館の奥にいた女性にはかなりこたえたことだろう。

「そういえば今年で四年目ね……そんなこと考えもしなかったけれど」

「四年に一度のお祭りかぁ」

「ええ、そう。全土の各地域から代表を選出して、大シマロンで競技会を開催するの」

「オリンピックみたいなもんかな」

フリンは巻紙をテーブルに広げ、四隅《よすみ》に動物をかたどった重しを載《の》せた。顔色が悪い。綺麗《きれい》だったプラチナブロンドも、輝《かがや》きを失ってくすんでいる。

「なあフリン、やっぱまだ寝《ね》てたほうが……」

「大丈夫《だいじょうぶ》よ。少し動いたほうがいいの。それに夫婦《ふうふ》でも恋人《こいびと》でもない男性を寝室に入れるのは失礼でしょう?」

ヴォルフラムの機嫌《きげん》が良くなった。例によって初めて彼女と顔を合わせたときに、この女は誰だ、お前の何だ⁉をやらかして、おれとの関係を疑っていたからだ。

「……知・速・技・総合競技、勝ち抜き! 天下一武闘会《ぶとうかい》を開催する……カロリアより選抜戦《せんばつ》士の参加を待つ……こんな大変なときに。出場者を選ぶ余裕《よゆう》などないと知っていて、あえて使者を回したんだわ」

「だいたいどんな感じの大会なわけ? ほら、日本シリーズみたいーとか、ワールドシリーズとかワイルドカードとかさ」

「全部野球じゃん。ワールドカップとかトヨタカップとかも言えよ」

そっちだって両方ともサッカーだろ。

村田のツッコミに突《つ》っ込み返しながら、天下一武闘会を想像してみる。亀仙人《かめせんにん》、サイヤ人、スーパーサイヤ人、超弩級《ちょうどきゅう》ウルトラスーパーメガトン……カメハメ波。

「私だってテンカブを観《み》たことなんかないわ」

「テンカブー⁉」

「そうよ、テンカブ。何か変だったかしら」

大胆《だいたん》な略に驚いただけだ。天かすと蕪《かぶ》の新しい料理みたい。

「カロリアはこれまで一度も参加したことがないの。国力の問題もあるし、勝ち目のない試合に挑《いど》ませるほど、若い者もいなかったから」

「じゃあ内容は殆《ほとん》ど知らないんだな」

「ええ。でも知・速・技の全《すべ》てで勝ち抜《ぬ》いて、優勝した者に与《あた》えられる栄誉《えいよ》は聞いてるわ」

「何が貰《もら》えんの？」

月桂樹《げっけいじゅ》の冠《かんむり》だけだったら、表彰台《ひょうしょうだい》の上で暴れそうだ。

フリンは長い溜《た》め息をついてから言った。誰でも欲しいものだけど、決して誰の手にも入らない。

「願いが叶《かな》えられるのよ」

「願いって何だよ。家内安全、合格祈願《きがん》？」

「渋谷、天神様じゃないんだからさ」

「何でもいいの。その戦士の属する土地のこと、一族の復権や富、財宝……どんなことでも望めば叶えられるのよ。名目上は」

「ああ判《わか》った！　優勝したらシマロンの姫《ひめ》と結婚《けっこん》させろーとかだな？　ははーん、実にファンタジーっぽいね。身分を超《こ》えた恋、燃える情熱、駆けめぐる青春！」

なるほど、龍玉というよりは、グラディエーターに近いわけだ。

「無理よ、シマロンには王女がいないから。それにこれまでそんな美しい願いを申し出た者はないでしょうし、願いが叶った者もいないはず」

「なんだよ、絵に描《か》いた餅《もち》ってこと？　優勝賞品で釣《つ》っておいて、いざとなったらキャンセルかよ」

厚くて手触《てざわ》りの悪い巻紙の半分から下に指をやる。気取った書体で書かれているせいか、おれにはさっぱり読めやしない。

「ここにあるでしょう、第一回優勝戦士選出、大シマロン。第二回優勝戦士選出、大シマロン……初回から前回までずっと、優勝したのは大シマロンだけ。そういう筋書きなの、誰《だれ》もかなわないようにできているのよ」

紙を元通りに巻き直して、彼女は自嘲《じちょう》気味に微笑《ほほえ》んだ。

「こんな情勢では、参加地域も少ないでしょうね。大陸中西部の殆《ほとん》どの国は、みな復興で手一杯《ていっぱい》よ。しかも最終登録が六日後なんて。ここから出発地点の東ニルゾンまで、早馬でも二十日以上かかるというのに」

「じゃあ棄権《きけん》すんの？」

「そうよ。仕方がないでしょ」

「もったいねえなー、せっかく何でも欲しいもの貰えるチャンスなのにー」

おれの貧乏《びんぼう》くさい頭の中では、捕《と》らぬ狸《たぬき》の皮算用が始まっていた。新しいスパイク、硬球用《こうきゅう》ミット、今より軽いプロテクター。ライオンズブルーで揃《そろ》ったレガース、晴れの日に使う小宮《こみ》山《やま》モデルのゴーグル。でもこの世界に野球用具はないだろうから、バットを作るアオダモの木ってのはどうだろう。待て待て、もっとチーム全体のことを考えるならば、まずは清潔なロッカールーム……。

「……ロッカー……だよなぁ……」

舌打ちしたくなるような訳知り顔で、村田は次の言葉を予測している。おれはろくに考えもせず、思いついたままを口にした。

「じゃあ、箱はどうだろう」

「箱？」

フリンは少女みたいに小首を傾《かし》げた。どうやら理解していないようだ。

「そうだよ、箱。優勝したから賞品としてあの『箱』くださいって言ったら、連中は黙《だま》ってくれるのかな？」

膝《ひざ》でも叩《たた》きそうな勢いで、ヴォルフラムが言った。

「大シマロンには『風の終わり』がある！」

「そうなんだよ！　あの国に箱があるからこそ、あんたはウィンコットの末裔《まつえい》を連れて行きたかったんだろ？　『風の終わり』とやらの鍵《かぎ》になってる人物を、ウィンコットの毒で操《あやつ》るつもりだったんだよな」

おれの健気《けなげ》なデジアナGショックによると、およそ五百四時間前だ。夫であるノーマン・ギルビットの死をひた隠《かく》しにし、女性ながら仮面の男としてカロリアを守っていたフリン・ギルビットは、本来の宗主国《そうしゆこく》である小シマロンを差し置いて大シマロンと取引をした。

ずっと昔この地を治めていた一族が館《やかた》の奥深くに残していった、どんな者でも操れるというウィンコットの毒をあなたの国に譲《ゆず》りましょう。その代わりカロリアからの徴兵《ちようへい》を緩《ゆる》め、少しずつ若者を返して貰いたい（そちらの国の戦争で、我が民《たみ》が命を落とすのは耐《た》え難《がた》いから）。

毒は大シマロンの手に渡《わた》り、フリンは取引に成功した。

そこにふらりと迷い込んだおれたちは、ウィンコット家の紋章《もんしよう》の刻まれた魔石《ませき》を持っていて、身分を隠す言い訳として、ウィンコットの末裔だと名乗ってしまった。魔石の縁取《ふちど》りが紋章と同じだったのは当然だ。それは西に逃《のが》れて魔族となったフォンウィンコット家のスザナ・ジュリアの持ち物だったのだから。

フリン・ギルビットは考えた。

稀少《きしよう》な毒に冒《おか》された人物を操れるのは、やはりウィンコットの血を引く者だけ。この男を大シマロンに引き渡せば、彼等は容易に鍵なる人物を動かせるだろう。そしてこの取引に成功すれば、カロリアの若者をもっと取り戻《もど》せる。

良い悪いは別として、彼女の計算は決して間違《まちが》ってはいなかった。ミスを犯《おか》したのは大シマロンの兵隊だ。

ターゲットと狙《ねら》いをつけた二人のうち、一人は仮死状態で、もう一人は行方《ゆくえ》不明だ。邪悪《じゃあく》な毒矢で射るだけで済むところを、コンラッドは左腕《ひだりうで》を失い、直後に爆発《ばくはつ》に巻き込まれて……。

「くそっ」

おれは木目の美しいテーブルを、力任せに拳《こぶし》で叩いた。

確かにあの腕はあんたのものだった。眞魔《しんま》国で斬《き》られた左腕が、どうして小シマロンにあったのかは判らない。その上それが「間違った鍵」だったのなら、あんたがどうして狙われたのかも判らない。

でも。

コンラッド……生きてるんだろ？

生きておれの処《ところ》に戻ってくれるんだろ？

いっぱいに広げた掌《てのひら》で、気付かないうちに両眼を覆《おお》っていた。一本一本ゆっくりと指を外し、動きの鈍《にぶ》い右手を顔から離《はな》す。

吸った息を同じくらいゆっくり吐《は》きだすと、ヴォルフラムが肩《かた》から力を抜くのが見えた。そんなに心配しなくても、人前で取り乱して泣き叫《さけ》んだりはしない。

「そうよ」

カロリアの女主人は、右手を喉《のど》に当てていた。自分の首を絞《し》めたそうな顔をしていた。

「……私はあなたたちを利用しようとした。私の望みのために、売り渡そうとしたのよ」

フォンビーレフェルト卿《きょう》の剣《けん》が、かちりと音を立てて数センチ抜かれた。お前が首を縦に振《ふ》りさえすれば、今すぐにでもこの女を殺す。彼はもう何度もそう言っていたし、その言葉に嘘《うそ》はないだろう。だが。

「よせヴォルフ。そんなことしてほしいわけじゃない。フリンも……その話の決着は後だ」

「でもっ」

「箱さえなければッ」

彼女の悲痛な声を遮《さえぎ》るように、おれは忌《い》まわしい名前を口にした。

「あの『風の終わり』とかいう箱さえなければ、こんなことにはならなかった。人間達が……大シマロンがあの凶器《きょうき》を手に入れたりしなければ、コンラッドとギュンターが狙われることも、おれたちが見知らぬ土地を彷徨《さまよ》うこともなかったんだ。もっとあるぞ。もっと」

この世界には、決して触《ふ》れてはならないものが四つある。それがいかなる力を封《ふう》じるために、どのような過程で作られたのか、どれだけ凄惨《せいさん》な歴史をもって先人の意思が守られたのか、人間達は知ろうともしない。

ただ強大な力ばかりを欲《ほっ》し、従わせ操れるものと己《おのれ》を過信する。

正しい鍵さえ調達せず、邪悪な存在を解放しようとする。

「小シマロンのバカ野郎《やろう》どもがッ、あんな実験さえしなければ、この国だって壊《こわ》れたりはしなかった。あっちの名前はなんだ、風の終わりと……」

「地の果て」

村田が冷たい声で答えた。

「そうかよ、地の果て。そいつもだ。そいつも」

強すぎるミントでも舐《な》めたみたいに、一瞬《いっしゅん》こめかみがピリッと震《ふる》えた。信じられないほど冷《れい》淡《たん》な声が、自分の喉を通り過ぎてゆく。

「……愚《おろ》かな人間どもに、持たせておくわけにはいかない……あれは我々にこそ相応《ふさわ》しい」

「おっと」

友人の、場違いでのどかで、けれど効果的な相槌《あいづち》。

「鼻息荒《あら》いね。酔《よ》っちゃってる？」

「え、な、何だよ、今おれ何て言った⁉」

たちまち弱腰《よわごし》な新前陛下に戻った。気恥《きは》ずかしさに前髪《まえがみ》なんかいじってしまう。

「酔ってねーよ、完全禁酒禁煙《きんえん》主義なの知ってるだろ」

「アルコールじゃなくて、自分にさ」

「自分どころか乗り物にも酔ってません！　船酔いするのはヴォルフのほう」

「そうかー？　そんなら修学旅行も安心だけど」

「ああどうせおれたち県立の修学旅行なんて、初日の殆《ほとん》どが乗り物ですよ。お前みたいに飛行機利用のエリート私立と違って……だーかーらーっ、交通機関の話じゃないんだって。箱の話なんだって、箱の話っ」

「へなちょこなお前にしては、珍《めずら》しくいい意見だ」

ヴォルフラムの右手が剣から離れていて、おれは心底ほっとした。フリンを憎《にく》む気持ちはもちろん判《わか》る。でも、その場に居合わせなかった彼に、感情だけで私刑行為をさせるわけにはいかない。

「箱は人間に持たせておくべきじゃない。そのとおりだ。ではどうする？　奴等《やつら》が効果的な扱《あつか》い方を修得する前に、大シマロンを叩いておくか。海上戦力は明日にも集結するし、完全武装ではないとはいえ、上陸組も厳選された兵士ばかりだ。望むなら軍隊の指揮というものを一から教えてやってもいい」

「お前にー？　あ、いやごめん、ゴメンナサイ。頼《たよ》りないとか思ってません、思ってませんって！　そうじゃないんだよ、言っただろ⁉　戦争はしない。どんなときでも戦争はしないの」

そこで聞こえよがしに舌打ちするな。

「おれはその……えーと、走・攻・守・勝ち抜《ぬ》き！　世界選手権？」

「知・速・技・総合競技、勝ち抜き！　天下一武闘会《ぶとうかい》」

「そう、そのテンカブで優勝すれば、大シマロンが箱くれるかなーって思ったの」

はあ？　と、ええ⁉　が一緒《いっしょ》になって、はえー、という脱力《だつりょく》系の疑問になる。

「優勝して箱をぉー⁉」

「……息の合ったツッコミごくろうさん」

「正気かユーリ⁉　わざわざそんな手間のかかることをする必要がどこにある。奇襲《きしゅう》をかけて強奪《ごうだつ》すれば済むことじゃないか」

「待って、今のカロリアに予選をして優秀《ゆうしゅう》な代表者を出場させてる余裕《よゆう》なんかないわ！　それにどうせ筋書きができてるって言ったでしょう、優勝なんて最初から無理なのよ」

「両側から同時に喋《しゃべ》るなよっ」

村田だけが黙《だま》ってにやにやしている。

「落ち着け。まずヴォルフ、戦争は、しません。しませんと言ったら絶対にしません。それからフリン、オリンピックは参加することに意義がある。たとえ上位に食い込めなくても失うものは何もないだろ。優秀な選手が出せないからって、権利を放棄《ほうき》することはない」

「参加することに意義があるなんて、そんな言葉初めて聞いたわ」

フリンは冷静さを取り戻そうと、額に手を当てて俯《うつむ》いた。

「でも言ったでしょう、王都までは早馬でも二十日かかるのよ。今から準備を整えて出発しても登録最終日に間に合うわけがない」

「早馬ってことは、陸路だろ？」

「そうよ」

ここでちょっとおれの自慢《じまん》が入る。

「じゃあ海路なら？　こっちにはドゥーガルドの高速艇《こうそくてい》があるんだぜ？」

3

ドゥーガルドの高速艇は、三倍のスピードで移動します（当社比）。

鮮《あざ》やかな朱《しゅ》に塗《ぬ》られた船腹と、第二次中央茶海戦時の敵の血に染まった雄姿《ゆうし》から、人々は畏《い》怖《ふ》をこめて「赤い海星」と呼んでいます。我々ドゥーガルド一族は、代々続く海戦の勇者で、古くは初代ドゥーガルド卿《きょう》ミンデルが北方海賊討伐《かいぞくとうばつ》に赴《おもむ》いたことから始まり……。

と、この先は一族の歴史が長々と続く。

昇降口《しょうこうぐち》に打ち付けられた金のプレートに小さい文字で刻まれた文章を、おれは指先で辿《たど》って読んだ。国中の書物が全《すべ》てこうだったらいいのに。

「それにしても、赤い海星って」

「シャアみたいだねー」

「誰《だれ》よそれ。またドイツの選手？」

サッカー音痴のコメントに、村田は眉《まゆ》を八の字にして、話にならないとばかりに左手を振った。バカにするなよ、おれだってブンデスリーガとセリエAくらいは知ってるぞ。

三倍のスピードで海を行くのがどんな体験かというと、ビデオの三倍速モードの映像が、目の前で繰《く》り広げられている感じだ。凄《すご》い勢いで景色が流れてゆく。海と波と空と雲と鷗《かもめ》と海藻《かいそう》が。大陸の南岸をぐるりと回るので、通常の船なら十五日かかるところだ。しかしそこはさすがに「赤い海星」、わずか五日間で到着《とうちゃく》するという。

「五日じゃ遅《おそ》い、四日で間に合わせろ！」

艦長《かんちょう》のドゥーガルド卿ヒックス二世はきっぱりと言った。

「無理です」

「……じゃあ五日でいいデす……」

エンタープライズの危機みたいなことを、一度やってみたかっただけなのに。つまり、艦長このままでは全滅《ぜんめつ》です！　推進装置の修理に何分かかる⁉　五時間です！　遅い、三十分で済ませろ！　ってやつだ。現実はピカード艦長のようにはいかない。王様とは思えぬ弱腰だ。

あたふたと準備を調えたおれたちは、翌朝早くにギルビット商港を出立《しゅったつ》した。人目のあるところではマスク着用を余儀《よぎ》なくされていたおれは、早起きの子供達に見とがめられて、小さな領民達に囲まれてしまった。ここ数日間よい領主を演じようと、積極的に人々に接してきたせいだ。

「ノーマンさまどこへ行っちゃうの？」

「また会えなくなっちゃうの？」

彼等にしてみれば原因も判らない予期せぬ災害に見舞《みま》われた直後だ。責任者が土地を離《はな》れると知れば、心細いに違いない。しかもカロリアの民《たみ》は、ここ十年ばかりノーマン・ギルビットに会うこともかなわなかったのだ。やっと姿を見せた領主が奥方共々船出となれば、不安はいっそう増すことだろう。おれの服を掴《つか》もうと、寒さで赤くなった細い指を向けるが、途中《とちゅう》で慌《あわ》てて引き戻《もど》す。

偉《えら》い人相手に失礼だと、子供なりに遠慮《えんりょ》しているのだろう。

「行かないでノーマンさまぁ」

「もう帰ってこないなんて言わないよね？」

「大丈夫《だいじょうぶ》だよ、帰ってくる。きっと帰ってくるからね」

そう答えつつもおれ自身は複雑な気分だ。

本物のノーマン・ギルビットは、もう二度とこの土地に戻りはしない。主《あるじ》は冷たい墓の下、あるいは天国で酒池肉林だ。銀の仮面を被《かぶ》っているのは、幼い頃《ころ》の病で痘痕《あばた》の残る領主ではない。ここから何日も旅をした海の向こうの、魔族《まぞく》の国の新前魔王なのだ。

途端《とたん》におれは自分がひどい嘘《うそ》つきで、子供達の純粋《じゅんすい》な心を踏《ふ》みにじっているような気がしてきた。

きみたちは騙《だま》されてる。騙されてるんだよ。そんな曇《くも》りのない瞳《ひとみ》を向けちゃいけない。目の前にいるのは本物のノーマン・ギルビットじゃないんだって！　子供も母親もその親も、素性《すじょう》も知れない怪《あや》しい者を、自分達の領主だと信じている。自分達の土地や生活を、見知らぬ相手に任せてしまっているのだ。

「このおにーさんはね」

タラップを昇《のぼ》りかけていた村田が、半分だけ身体《からだ》をひねって言った。声が上から降ってくる。

「カロリアの代表として大シマロンと闘《たたか》ってくるんだよ」

「たたかうって、戦争するの？」

「違《ちが》うよ、戦争じゃない。スポーツ……うーん、試合だな。知・速・技・総合競技、勝ち抜き！　天下一武闘会《ぶとうかい》に出場するんだ。すごいんだぞー。カロリアの名誉《めいよ》にかけて、とか言っちゃうんだ」

子供はたちまち目を輝《かがや》かせた。

「この国の代表として試合にでるの？」

「ノーマンさまは領主様だから、カロリアで一番強いんだよね」

「そうだね、友達みんなに教えてあげるといいよ。彼が天下一武闘会に出るって」

「いや、ちょっとそんな大げさな」

これまでの生活の大半を占《し》めていた野球では、公立中学の正捕手《ほしゅ》にさえなれなかったのに、今は一領土扱《あつか》いとはいえ、国家の代表として国際大会に出場するなんて。言ってみりゃ県大会も甲子園《こうしえん》もすっ飛ばして、日本代表でオリンピックに行くようなもんだ。そんな出世、地球上ではありえない。

ああ神様、おれの平凡《へいぼん》な人生は、何処《どこ》へと転がっていくのでしょうか。

魔王の運命を神に尋《たず》ねるのも筋違いか……。

「フリンさまも行っちゃうのー？」

「ええそうよ、カーラ。でも大会が終わったらすぐに帰ってくるわ。さあマガーも、お母さんたちを手伝っていらっしゃい、近いうちにお父さんやお兄さん、男の人達も戻ってくるけれど、それまではあなたたちが力になってあげなくては」

長い髪《かみ》が地面につくほど身をかがめて、フリンは女の子の頰《ほお》を撫《な》でた。子供達は名残惜《なごりお》しげに振《ふ》り返りながら、列ができはじめた配給場所へと走ってゆく。

「知ってるんだ、名前」

「館《やかた》の近くへよく来る子たちなの。もちろん全員覚えてるわけじゃないけど。でも、覚えられたらいいのにと思う」

「ふーん」

ちょっとやられた気になって、おれは斜《なな》めに視線を逸《そ》らした。いい領主様だ。宗主国《そうしゆこく》の法律で女性が長《おさ》になれないのなら、いいお屋形《やかた》様、もしくはいい奥方様だ。

「なあ、こんなこと訊《き》くのもどうかと思うんだけど……ていうか別にそんな深刻な問題でもないんだけどさ」

「なに？」

フリンは一瞬《いっしゅん》きょとんとした顔をして、それから大慌てで頭《かぶり》を振った。前髪が妙《みょう》に浮《う》いている。

「な、何よ、いないわよ!? いないわよ隠《かく》し子《ご》とかはっ」

「違うって、そんなこと訊いてないって。隠し子いたのはおれのほうだし」

「え!? こ、子供がいるの!? ということは大佐《たいさ》、ご結婚《けっこん》を?」

「それがさあ、おれ、シングルファーザ……うお!」

二人のちょうど中間を、見覚えのあるナイフが切り裂《さ》いた。石の剝《は》がれた地面に突《つ》き刺《さ》さる。

「そこの薄汚《うすぎたな》い人間の女!」

「……うす……」

「ぼくの婚約者に手を出すな!」

麗《うるわ》しき八十二歳の美少年が、青筋立てて見下ろしている。フリンは投げられた凶器《きょうき》よりも、

複雑な魔族関係に驚《おどろ》いたようだ。おれとヴォルフラムを指差して、口をぱくぱくさせている。

「こ、婚約? え……ということはどちらかが、産《う》ん……」、

「わーっ! 頼《たの》むからそこんとこ追及《ついきゅう》しないでくれーっ」

しかも村田の耳のあるところで!

金槌《かなづち》のはみ出した箱を持って、友人がのんびりとした笑《え》みで通りかかった。

「……子供好き?」

「なんだ渋谷、高校生のくせに婚約までしてるんだー。それじゃあ同年代の女子に興味がないはずだよ」

「なにー⁉」

「まったくねー、なんで年上かロリ系のどっちかにしかときめかないのかと思ったら。へーそう、いつの間にかそんなお年頃《としごろ》に」

年上といえばヴォルフも極端《きょくたん》に年上なんですけどね……と、今更《いまさら》ながら気づいてみたりして。

「ま、待て待て村田、実はこれには複雑な事情が……ていうかいっそ聞かなかったことに」

「なにを仰《おっしゃ》ってるんですか陛下、ヴォルフラム閣下とのご婚約は国中の慶事《けいじ》ですよ」

「くにじゅうー⁉」

通りかかった第三者にとどめを刺されてしまった。ピッカリングヘッドのギュンターの部下だ。何に使うつもりなのか、腕《うで》いっぱいに板切れを抱《かか》えている。

「まさかまさかまさか、ほんとに国中？」

「もちろんです。うちのギュギュギュ閣下なんか嬉《うれ》しさのあまり、舞《ま》い散る羽根の中で泣きながら踊《おど》ってましたよ。七つも枕《まくら》を引き裂いちゃって」

「陛下、国民の祝日はいつになさいますか」

あの真面目《まじめ》そうなサイズモア艦長《かんちょう》まで。

知られてる……引き返せないところまで知れ渡《わた》っている。

「うう、ピカスコス……このことはあまり、いや二度と口にしないように」

「ダカスコスです、陛下」

「そうだった、テカスコス。地元では周知の事実かもしれないけど、よその国に来てまで言わないように」

「どうして口止めするんだユーリ！　隠すとためにならないぞ」

もしかしてお前が自分で触《ふ》れ回ってないか⁉　その前に誰《だれ》か思い切り突っ込んでくれ。だっておれたち男同士だろ⁉

フリンとは逆に村田はまったく動揺《どうよう》していない。親戚《しんせき》にそういうカップルでもいるのだろうか。

「まあ、秘《ひ》めた方が燃えるってこともあるよねー」

「村田……お前って本当は敵？　味方？」

高速艇《こうそくてい》が出発する頃には、港にはかなりの人数が押し掛《か》けてきていた。子供達が周囲に触れ回ったらしく、皆《みな》がハンカチやら上着やらを振り回し、口々にノーマン・ギルビットの名を叫《さけ》んでいる。気分が高揚《こうよう》して泣きだす者もいて、壮行会《そうこうかい》がわりの見送りがずっと続いた。

旅は概《おおむ》ね順調に進んだ。小回り重視の小型船とはいえ、赤い海星には十数人が寝泊《ねと》まりできるだけの設備が整っていた。もっとも基本は戦闘艇《せんとうてい》なので、セミダブルのベッドつきというわけにはいかない。おれたち三人は艦長室を使わせてもらえたが、それでも快適とは言い難《がた》かった。

必然的に、日のあるうちは甲板《かんぱん》で過ごし、宵《よい》にはデッキで星空を眺《なが》めることになる。つまり殆《ほとん》ど一日中、外にいるわけだ。防寒だけはきっちりしておかないと。

ヨザックは初日から趣味《しゅみ》の日曜大工に精を出し、ダカスコスは耳に筆記用具を挟《はさ》んで塗《ぬ》り絵をしていた。サイズモアは他人の船で居心地《いごこち》が悪いのか、落ち着きなくうろうろと歩き回っている。フリンだけが船室に閉じこもっていた。復興には程遠《ほどとお》いカロリアを、異国の救援団《きゅうえんだん》に預けてきたのが不安なのだろう。

でも、眞魔《しんま》国からの捜索《そうさく》隊には、ギーゼラを始め医療《いりょう》や救護のプロが何人もいる。不慣れな者が指示するよりも、きっとうまく対処してくれるはずだ。フリンにはおれの言葉を信じてもらうしかない。

「そそそれにしてもさささ寒いねえええ」

「しししかもしゃしゃしゃ喋《しゃべ》ろうとすると舌をかかか嚙《か》むよなあ」

三倍のスピードで移動するためには、三倍の衝撃《しょうげき》も覚悟《かくご》しなければならなかった。風と波を切って突き進む小型船は、マッサージ機能も充実《じゅうじつ》している。しかも内部は異臭《いしゅう》に満ちていた。

機関士によると魔動《まどう》推進器が絶好調な証拠《しょうこ》だという。魔力で動くというならば、この硫黄臭《いおうしゅう》は何故《なぜ》ですか。

さすがにフォンカーベルニコフ卿《きょう》アニシナの自信作。量産型とはひと味もふた味も違《ちが》う。

「びびび美少年は何してんののの？」

鬼太郎《きたろう》みたいな呼ばれようだ。

「ヴォルフ？　あああっちでははは吐《は》いてるよ。あいつふふふ船に弱いんだだイテっ」

「かかか彼はじじじ実に一生懸命《いっしょうけんめい》だねえ」

村田はしっかりと手摺《てす》りにつかまり、真《ま》っ直《す》ぐに海を向いている。かなり色褪《いろあ》せた人工金髪《きんぱつ》が、寒風になぶられて額を曝《さら》した。カツラーじゃなくて本当によかった。

「ヴォルフがいいい一生懸命？　そりゃまた一体ななな何のために」

「きみを良き王にするためだ」

海原《うなばら》を見ている。

「でもその懸命さが、裏目にでなければいいんだけど」

それからゆっくりとこちらを見た。コンタクトを外した黒い瞳《ひとみ》が、軽い瞬《まばた》きを繰《く》り返す。

おれたちは、同じ色の眼《め》をしている。

「……誰だ？」

おれは波に背中を向けたまま、後ろ手に柵《さく》を握《にぎ》っている。腰《こし》の辺りに冷たい棒の感触《かんしょく》があり、それ以上は下がれない。その先は海だ。落ちるしかない。

「お前、本当は誰なんだよ」

「やだなあ渋谷、何いってんだよ。中学でクラスも一緒《いっしょ》だっただ……」

「違うだろ⁉」

後部デッキから身を乗り出し、ヨザックが鋸《のこぎり》を振《ふ》っている。

「猊下《げいか》ーぁ、こんな感じでどうでしょうかねぇ」

「うん、今みせてもらいに行くから……」

「行くなよっ」

知っていたはずの友人の腕を掴《つか》む。

彼の名前は村田健《けん》。中二中三とクラスが一緒の眼鏡《めがね》くんで、超《ちょう》進学校のエリート高校生。彼女のいない夏休みに別れを告げようと、親戚《しんせき》経営の海の家でバイト中、だったはず。だったはずなのに。

「ゲイカって誰？　なんでこの世界に初めて飛ばされたお前が、ヨザックと話が通じてんの⁉　ヴォルフが直接つっかからないのも、その呼び方と関係あんのか」

一度口をついてでた疑問は、おれ自身にも堰《せ》き止められない。

「言葉だってそうだ！　少しばっかドイツ語ができるからって、外国に来ていきなりペラペラ喋れるもんか。しかもおれが王とか陛下とか呼ばれてるのを聞いて、どうして不思議に思わないんだよッ」

村田は……村田健だと思っていた奴《やつ》は、腕を掴まれたまま黙《だま》っている。五本の指に力が入ると、筋肉が微《かす》かに反応した。

「それに……小シマロンで……あのスタジアムでお前が言ってたのは何、どういうこと？　お前はすげえ頭がいいから、国際問題とか社会問題とか言ってたのかもしれないけど。つられてマジ返事しちゃったけど！」

彼は言った。

前にも一緒に旅をしたと。乾《かわ》いた土地を転々として、あのときと同じように誰かに追われて。

「……覚えてねーよそんなこと。お前とサボテン見たことなんて一度もないし、太陽とか月とか保護者って、おれは全然、記憶《きおく》にねえよ！」

「だから言っただろ、渋谷は覚えてないだろうって」

「じゃあ何でお前は知ってんだよ!?　前っていつ？　どこの砂漠《さばく》？　おれの保護者って誰のことだ!?」

「ウェラー卿だ」

半ば予想どおりの名前を聞いて、問い返す声が僅《わず》かに震《ふる》える。

「どうして村田が、コンラッドと会ってるんだよ……」

「直接顔を合わせたわけじゃない。僕もきみもまだヒトの形を成していなかったし、安住の地さえ決まっていなかったんだ」

トラブルに気付いて走ってきたヨザックが、おれの指にそっと触《さわ》った。

「陛下」

背中から抱《かか》え込むようにして、相手の腕《うで》から指を外させる。急に全身の力が抜《ぬ》け、抵抗《ていこう》する気も起こらない。不快な脱力感《だつりょくかん》に襲《おそ》われて、おれは後ろに倒《たお》れかかった。すぐに頑丈《がんじょう》な腕が支えてくれる。

「……助けるふりして、おれがこいつに襲いかからないように押さえてんのか」

「違います。陛下がそんなことされるなんて思っちゃいませんって」

「わかんねえよもう。口ではそんなこと言ってたって。村田の……そいつのほうが頭もいいし説得力もあるし……日本人だから眼も髪《かみ》も黒いしな。おれなんかへなちょこで新前で、王としての責任も果たせない駄目《だめ》な男だよ。こんなやつを王に据《す》えて失敗した、これはやっぱり人選ミスだった、じゃあもう一人新しいのを選べばいい、そう思ってこいつを連れてきたんじゃないのか？　おれは短気で頑固《がんこ》で思いどおりに動かないから、もっと優秀《ゆうしゅう》で才能のある奴を連れてきて、黙って首をすげ替《か》えりゃいいって。それで村田がここにいるんじゃないのか!?」

もう誰《だれ》に言われたのかも忘れたようなことを、おれは次々と並べ立てた。視神経の奥が熱く痛くなって、自分の声もひどく遠い。正直、耳鳴りのほうが大きくて、段々と周囲の音が聞こえなくなる。

一点だった血の染《し》みが広がるみたいに、視界の全《すべ》てが深紅《しんく》になる。

自分の意思とはずれた部分で、口だけが言葉を吐き出していた。

「……けど……生憎《あいにく》だったたな。そいつだっておれと同じ日本人だし、多分、殆どの部分で人間だよ。あんたらの大好きな魔族《まぞく》の血なんか、流れてるかどうかも怪《あや》しいもんだ！　結局おれたちはどっちも魔族〝もどき〟なんだよ。双黒《そうこく》だか闇《やみ》持つ者だか知らねえけど、身体《からだ》は汚《けが》らわしい人間の血と肉でできてる。魔王になんか相応《ふさわ》しくない！　下賎《げせん》な人間の女から生まれてきたんだから……」

突然《とつぜん》、左から衝撃がきて、頬《ほお》の内側をいやというほど噛んだ。殴《なぐ》られたのだと気付くまでに、何秒間もかかってしまう。確か以前にもこんなことがあった。そのとき、おれは片道ビンタを食《く》らわせた側で、音も良かったし角度も良かった。

相手は呆然《ぼうぜん》とこちらを見つめていて、しばらくは反撃体勢もとれなかったほどだ。

おれもやっぱり彼と同じように、言葉もなくビンタヒッターを見つめてしまった。

「相手の親を悪く言うのは、最低なんだろう」

「……ヴォルフ」

「お前がぼくに教えたんじゃないか」

湖底を思わせる翠《みどり》の瞳が、真《ま》っ直《す》ぐにおれを見据えていた。強すぎるハーブに騙《だま》されたように、鼻の奥と頭が軽く痛む。

「……おれ今、村田に、なに言ってたかな……」

「ぼくがお前の親に対して言ったのと、同様のことを」

覚えていないわけじゃなかった。でも、あんなこと口にするつもりは毛頭無かった、嘘《うそ》じゃない。自分は頑固な上に短気で、器《うつわ》も小さい。どの方面でも未熟で不甲斐《ふがい》ない。彼のほうが指導者に相応しいのは明らかだ。

だからといって魔族の人々が、おれを見捨てるなんて思っていない。

これまで築いてきた関係が、そんな薄情《はくじょう》なものだとは思わない。

そうだよな。

「ごめん、村田」

右手で何かにつかまりながら、おれはどうにか友人と目を合わせた。文字通り顔から火がでそうだ。

「いいって。高校生にもなって、お前のかーちゃんデベソくらいで怒《おこ》る奴はいないよ」

「え⁉　こいつは怒ったぞ⁉」

非常に素早《すばや》い反応で、美少年はおれの胸《むな》ぐらを掴んだ。

「それはもう烈火《れっか》のごとく怒ったぞ。その結果としてぼくへの劣等感《れっとうかん》と愛情が抑《おさ》えきれなくなったようだが」

「な、なんだなんだ劣等感と愛情っつーのは⁉　しかも抑えきれなくなったっつーのは⁉」

「怒《いか》りの力に後押しされたとはいえ、一気に求婚《きゅうこん》できて良かったな。そうでなければ今頃《いまごろ》は、お前はぼくに片思い中だ。ちなみに」

　おれをひっぱたいた腕を腰《こし》にやり、自信満々でふんぞり返っている。

「古式ゆかしい魔族の作法でいうと、今のは『求婚返し』にあたる」

「きゅーこんがえしーィ？」

　なんですかそれは。春を過ぎて花の終わった球根を翌年に備えて掘《ほ》り起こす作業ですか、それともうちの親父《おやじ》の大好きな三人組アイドルの解散直前ラストシングルですか。

「なんだ渋谷、酒の勢いで告白しちゃったようなもんなの？」

「ちっ、違《ちが》ッ」

「まあそれは結果オーライということで。それよりも地位を惜《お》しむような発言が気になるよ。権力に対する欲がでてきたのかな。でも渋谷は……」

「うわ」

　眼科検診《けんしん》の最初みたいに、いきなり瞼《まぶた》を裏返された。

「そういうことにあんまり執着《しゅうちゃく》するタイプじゃないし」

「また精神分析《ぶんせき》医みたいなこと言う」

「今まさにこう訊《き》きたいんだろうね。村田、お前って本当は何者？」

　申し訳なさそうな低い調子で、ヨザックが説明しようとする。

「陛下、実はこの方は……」

「悪いけどっ」

おれは急いで遮《さえぎ》った。

「本人の口から聞きたいんだ」

「だったら、場所を変えてもらわなけりゃならないかも」

衝撃《しょうげき》が三回続いてから、船のスピードが急に落ちた。サイズモアが艦橋《かんきょう》から走り出て来て、両手を口に当てて言った。

「どうか皆様《みなさま》、船室にお入りください！　お早く願います！」

巨大《きょだい》イカか⁉　とヴォルフが剣《けん》を抜きかける。どういうわけか喜色満面。

「何かトラブルかな」

「違いますよ陛下。見えますか、ほらあそこ」

ヨザックの指差す先には、遠く大陸の岩肌《いわはだ》が見える。その手前ではためいていた黄色い布が、少しずつこちらに近づいていた。

「沿岸警備隊です。気にするこたぁありません。こっちは本国から正式に招待されてるわけですから、問題なんかありゃしませんって」

「だったら何でおれたちは引っ込まなきゃなんないの」

赤い海星はほとんど停止した。

おれと村田の肩《かた》を押しながら、ヨザックはひどく嬉《うれ》しそうだ。

「こんな海域に派遣《はけん》されてる連中は、気の短い荒《あら》くれどもが多いですからね。お二人に万一のことでもあったら、オレたち眞王《しんおう》陛下に八つ裂《ざ》きにされちまいます。ま、あるったってちょっとした小競《こぜ》り合い程度で、そう厄介《やっかい》なことにはなりませんがね」

あまり迷惑《めいわく》にならないよう、ここは忠告に従っておこう。キャビンに続くドアを足で押さえつつ、おれはヴォルフラムの袖《そで》を引っ張った。

「ヴォルフ」

「行け」

彼はゆっくりと首を振《ふ》った。

「ぼくはそっちじゃない」

「え……」

理由を訊く暇もなく、押し込まれて扉《とびら》を閉められる。

4

「なんだよ！　自分だって弱弱《よわよわ》のくせにさ」

自分だけ避難《ひなん》させられたことが悔《くや》しくて、おれは軽くドアを蹴《け》った。コンラッドがいれば弟の三男坊《ぼう》も、有無《うむ》をいわさず室内組だったはずだ。コンラッドが、いれば。

「彼、フォンビーレフェルト卿《きょう》だっけ？　彼は全然、弱くないと思うよ」

「またそういう事情通っぽいことを。だってあいつ一度おれに負けてるんだぜ？　まあ一応、引き分けってことにしてあるけど」

「油断してたのかもしれないよ。よいしょっと」

木製の扉の内側に、椅子《いす》と机を押しつける。簡易バリケードのつもりだろうか。

「待てよ村田、そんなことしたらヴォルフたちが逃《に》げ込めないじゃないか」

「彼等は後退しない。外に踏《ふ》みとどまってきみを死守する」

「し、死守って、大袈裟《おおげさ》だな」

「単なる沿岸警備だから、今回は大丈夫《だいじょうぶ》だと思うけどね」

窓の脇《わき》に立って外の様子を窺《うかが》いながら、村田は長く溜《た》め息をついた。

「渋谷、いい加減きみは、護《まも》られることに慣れなきゃいけないよ」

その途端《とたん》におれは悟《さと》った。彼はコンタクトレンズを外していて、おれと同じ日本人のＤＮＡを引く、黒い瞳《ひとみ》の持ち主だった。視力が悪いはずの裸眼《らがん》には、確かに以前どこかで見た輝《かがや》きがあった。

「……全部知ってるんだな？」

同年代の友人が、不意に恐《おそ》ろしく大人に思えた。彼の虹彩《こうさい》の瞳孔《どうこう》の、もっと奥の奥にある暗い光から、どうやっても視線を外せなくなる。針で突《つ》いたような一点を見詰《みつ》めると、痺《しび》れが腰《こし》骨《ぼね》の辺りから駆《か》け上ってくる。

「全部、知ってて、黙《だま》ってたんだな⁉」

「やめろ」

少し慌《あわ》てた様子で、村田はおれの両眼を右手で覆《おお》った。

「危険だ。きみはまだ自分でコントロールできない」

「何を……」

「魔力《まりょく》だよ。僕ときみは非常に特殊《とくしゅ》な関係だ、うまく利用すれば強力な武器にもなる。ただしこれが諸刃《もろは》の剣《つるぎ》でね、一歩間違《まちが》えば大惨事《だいさんじ》だ。ギルビットの館《やかた》で暴走しかけたのを覚えてるかい？　あの時も相当危なかった」

「放せ！」

顔の上にある手を焦《あせ》って払《はら》い除《の》ける。ほんの短い間だったのに、昼間の明るさに両目がチカチカした。

「と、特殊な関係ってどういう……どういう言い方だよそれ！　友達だろ!?　中二中三とクラスが一緒《いっしょ》だっただろ!?　それ以外に……さっき、なんだか……ヒトの形を成す前に一緒だったとか、コンラッドに会ったとかも……ホントかよ、それ全部、本当なのか」

「本当だよ。信じられないかもしれないけどね。僕ときみ……正確に言うと僕と魔王は特殊な関係にある。僕は強大な力を持つ王に手を貸すことができる。そのために創《つく》られた存在だから。ただし渋谷はまだ魔術を使い慣れていない。下手に僕等が感応し合うと、魔力の暴走は止められない」

船は揺《ゆ》れていないのに、言葉の最初がうまく発音できない。

「え、えーと、ゲームだと合体技《わざ》とかコンボとか？」

「うまいこと言うなあ」

技の呼び方を確認《かくにん》して、感心されている場合ではなかった。

村田はおれが魔王だなんてことまで知っていた。彼が偶々《たまたま》おれと関《かか》わったばかりに、運悪く異世界に飛ばされてしまっただけだとしたら、そんな事実を知っているわけがないのだ。

「……おれの脳味噌《のうみそ》が冷静じゃないせいかな……なんかお前、自分はこっちの世界の人間だって言ってるみたいなんだけど。人間じゃないのかな、魔族なのかなあ。どっちにしろ、日本の、地元の同級生だった村田健が、実は眞魔国《しんま》の人でしたー！　みたいに聞こえるんだけど」

「それに近いことを言ってるよ」

両腕《りょううで》を緩《ゆる》く組んだまま、壁《かべ》に背中を押しつけている。身体《からだ》が半分窓枠《まどわく》に掛《か》かっていて、その分だけ陽光を遮っていた。

「……誰《だれ》なんだよ」

逆光で、彼は黒く見えた。

「誰なんだよ。村田？　村田じゃないよな！　おれの知ってる村田健じゃないよな!?　だって魔族にそんな名前ないもんな。ヴォルフはフォンビーレフェルト卿だし、コンラッドはウェラー卿だし。グウェンはフォンヴォルテール卿で、ツェリ様はフォンシュピッツヴェーグ卿、アニシナさんはフォンカーベルニコフ卿だ。ヨザックは……グリエだ。お前は何、お前本当は誰？　まさかムラケンじゃないだろ？　そんな日本人みたいな名前じゃないよな」

「言っただろ、僕は村田健だ。それ以外の何者でもない」

「そんな名前のやつは眞魔国にいない！」

「だったらきみは誰だ？」

質問で答えを返されて、おれは一瞬《いっしゅん》言葉に詰まる。

「陛下、きみは渋谷有利《ゆーり》じゃないのか？　十六になる直前まで、地球で、日本で高校生やってた、いつもいってる野球小僧《こぞう》じゃないのか？　草野球チームのオーナーでキャプテンでキャッチャーで、ライオンズファンの渋谷有利じゃないのか？　本当は誰だと訊《き》かれても、僕は僕で嘘《うそ》も本当もない。僕だって地球で十六年間生きてきた。仕事しすぎで丸一日会わないことも多いけど、割と平凡《へいぼん》な両親の間で、ごく普通《ふつう》に日本人として生きてきたんだよ。学区が違うから小学校は別だったけど、中学ではクラスも一緒になっただろ。村田健って名前で生まれてきてるんだ。それ以外にミドルネームも洗礼名もない。十六年間近くにいたんだよ。同じ空気で呼吸して、同じ世界で育ったんだ。もっと聞きたいか？　よく行く本屋もコンビニも、近道する公園も同じだよ。実は小六で一学期だけ通った塾《じゅく》も、その帰りに寄ったラーメン屋も同じだよ。これでいいか？　これで納得《なっとく》してもらえるかな。今さら本当は誰だなんて訊かれても、僕は僕だとしか答えようがないんだ！」

「だって、お前……」

声が上擦《うわず》る。なんだか足の下の床《ゆか》が無くなって、そのまま深海に沈《しず》みそうな気分だった。

「……サボテンとか旅とか言ってたじゃないか……十六年間、同じ空気吸ってたのに、おれには判《わか》らないこと言うじゃないか。普通に高校生やってたら想像もしないようなこと、考え込みもせずに話すじゃないか」

「うん、それは、僕は生まれる前のことを、少し余分に覚えてるから」

「……コンラッドのことも」

「そう」

おれの魂《たましい》を地球に運び、名付親にまでなった男だ。なのに今は傍《そば》にいてくれない。心配ばかりさせて戻《もど》ってこないんだ。

「彼はきみの魂を抱《だ》いて地球に行き、大切に護《まも》って旅をしたんだ。きみがどこに生まれるかが決まるまで。僕の保護者はふざけた医者だったけど、地球のことを何も知らないウェラー卿を連れて、随分《ずいぶん》色々と頑張《がんば》ってくれた。きみには少々厄介《やっかい》な追っ手がかかっていたから、そいつらから逃げる必要があったんだ」

「追っ手？」

「うん、次代魔王の魂だからね」

どうすれば生まれる前のことを覚えていられるんだ。赤ん坊《ぼう》は胎内《たいない》での記憶《きおく》があるとか、テレビで言ってるのは聞くけれど、彼が話しているのはこの世に発生する前だ。胎児どころか卵《らん》子《し》や精子でさえない、わけのわからない存在の頃《ころ》の記憶だ。

「そんなの記憶に残ってるはずがない」

「そうだね、消去される。前世だったり魂の前の所有者の記憶は、魂の溝《みぞ》に封印《ふういん》される。どんな魂も例外なく、それまで生きてきた様々な『生』の記憶を蓄積《ちくせき》してるけれど、通常はその扉《とびら》が開くことはない。生きていくのに邪魔《じゃま》になるだけだから。新しい『生』で学んだことだけを知識とし、それを活用していけばいい。けど、僕は違う」

村田だと言い張る奴《やつ》の黒い目が、眇《すが》められて細まった。

「……僕は覚えてる、忘れられないんだ。忘れることは許されないんだ」

「なっ、なに、を？　そのー、前世とかもっと前も？」

「うん、その前もね。ずっと……そう、ずっとだ」

「え、ゴメンうまいこと、理解できな……」

正直、彼の説明が理解できない。前に生きていた時代の記憶があるだって？　それはあれか、よく女子が占《うらな》いトークで盛り上がっている、あたし前世は戦国大名のお姫《ひめ》様だったんだーっていうネタか。必ずどこかのお嬢様《じょうさま》がいて、必ず外国の王女もいる。マリーアントワネットだった人は日本中に何人もいるし、ナポレオンの生まれ変わりは世界中に数百人はいるだろう。自分は石であったという控《ひか》えめな人がいると、何となく好感度がアップする。

でも、更《さら》に前まで語る人は、身近なところにはいなかった。超能力《ちょうのうりょく》番組では見たような気もするが、それだって二、三代　遡《さかのぼ》るのが精々だろう。

ずっとって、どれくらい？

「な、あの、ずっとって、五百年くらい？」

「もうちょっと長いな」

「じゃあ八百年、千年くらい？」

「いや、まあ約四千年くらい」

「うっそ⁉　じゃあお前、中国四千年の歴史全部覚えてるの⁉」

「渋谷ーぉ」

　呆《あき》れたような受けたような声をだす。

「僕は四千年間も中国人してたわけじゃないよ」

「中国じゃなかったら何処《どこ》にいたんだ。世界中を転々としてたのか？」

「うん、まあ色々だね。でも僕の前は香港《ホンコン》在住の女性だったし、その前はフランスの軍医だった。その前の所有者は……えーと早死にだったから職業もなかったね、十にならずに事故で死んだはず……そんな泣きそうな顔するなよ」

　うっかり想像してしまい、もらい泣き寸前だ。

「だ、だってお前、十歳って、可哀想《かわいそう》に……したいこともたくさんあったんだろ？」

「待ってくれ、死んだのは僕じゃない」

　村田は組んでいた腕を解《ほど》き、拳《こぶし》で左胸をどんと叩《たた》いた。

「この魂の、前の前の前の所有者だ」

　おれは口を締《し》めることも忘れたままだ。そんな突拍子《とっぴょうし》もない話が理解できるものか。前世や魂というだけでギブアップなのに、早死にしたのは彼自身ではなく所有者だという。前も前も前も自分じゃないのか？　自分と違う者の人生を我がことのように抱《かか》えているなんて、楽しい生活送れそうにない。

「どう説明すれば解《わか》りやすいかな。例えば、主人公に感情移入して観た映画を、何十本も覚えてる感じ。ああ、第一次大戦は大変だったんだなあ、鉄道工事技術者は奥さん美人で幸せモンだね、現在はペストの治療法《ちりょうほう》ができて良かったよー、十字軍の行進は子供心にも憧《あこが》れだったんだろうなあ……と、こう、色々な時代の長編映画を主人公の詳《くわ》しい描写《びょうしゃ》つきで覚えてる。だから苦しいことや辛《つら》いことも、今の僕が味わったわけじゃない。四千年間の記憶があると言って、まだ十六年間しか生きてないからね。他人の不幸にもらい泣きしたり、悲劇で泣くことはあるけれど、自分の人生に起きることと同列には語れないだろう。もしもーし、渋谷ー?」

「だ……」

誰デスカ、じゃなくて、前世の記憶がある人々って、そんな語り方をしてただろうか。村田は随分と客観的だ。十字軍って一体、何世紀だろう。世界史赤点の身が恨《うら》めしい。

「けど四千年も昔って、お前、クレオパトラの映画も覚えてんの?」

「エリザベス・テーラー主演のは見たよ。でも本物のクレオパトラがいた時代には、この魂の所有者は魔族《まぞく》の土地にいたからね」

「眞魔国《しんま》に⁉ いたんだ⁉」

「らしいよ。その頃はまだ、国名が……」

昔のドラマの設定を思い出すみたいに、村田は少し考え込んだ。

「そうか、やっぱこっちに居たことがあるんだ」

ひどく……非道《ひど》く奇妙《きみょう》に感じる。

最初にこの世界に喚《よ》ばれたとき、憎《にく》きアメフトマッチョにアイアンクローを食《く》らわされた。お陰《かげ》で魂の溝って場所から、蓄積されていた言語が現れたのだ。その結果、おれの魂の前の所有者は、眞魔国で生きた人だと判った。おれがまだ渋谷有利でなかったときに、魔族としてあの国で生活していたんだ。

そんなことも忘れて日本で生きていた十六年間で、何十人もと知り合い友達になった。今、その中の親しい一人が、自分もまた眞魔国の記憶があると告白している。

「すごく妙な……変な感じだ。日本とこっちではっきり分けられない友人なんて……」

「無理もないよ。僕だって最初は戸惑《とまど》った。あまりにも長く秘密のままだったからね。実は僕、前世の記憶があるんですなんて、子供が言ったら嘘《うそ》つき呼ばわりされるだけだ。ずっと黙《だま》って生きてきたんだ。だから初めて渋谷に会ったときも、本当に彼は将来気付くのかって不安だったよ。まさかウェラー卿《きょう》が運んでいた魂が、こんな近くで生活しているとは思わないじゃないか。だって僕等はそれぞれ香港とボストンで生まれたんだし、日本といったって北から南まで広いからね。共通する秘密を持つ人物が、すぐそばにいるのはとても奇妙だった。もっともそれも」

そうか、村田は香港で生まれたんだ。両親は日本人だって聞いてるけど。

あまりに衝撃《しょうげき》的なことをうち明けられすぎて、夜でもないのに意識が朦朧《もうろう》としてきた。何だかとても怠《だる》くて眠《ねむ》い。現実から夢へと逃《に》げ込みたい。

「第二十七代魔王陛下であるきみに、力を貸すという重要な使命があったからだけど」

「……使命？　じゃあ村田はおれを助けてくれようとしてんのか」

「そうできたら嬉しいと思ってる。大賢者《だいけんじゃ》と呼ばれた頃《ころ》からの膨大《ぼうだい》な記憶《きおく》は、きみを助けるためにあるんだから」

「そうか、大けん……」

食べても飲んでもいないのに、喉《のど》の奥に丸い塊《かたまり》が詰《つ》まった。しばらく格闘《かくとう》して咳《せ》き込んでから、それが空気だったと気付く。仰天《ぎょうてん》しすぎて吸った息を吐《は》くのを忘れたのだ。気管に唾《つば》が入って鼻が痛む。

「っげ、だ、大賢者、だって」

「大丈夫《だいじょうぶ》か渋谷。水持ってくる？」

そうだ。

初めて訪《おとず》れた魔族の王城、血盟城で、おれは彼の肖像画《しょうぞうが》を目にしている。双黒《そうこく》の大賢者、この世で唯一《ゆいいつ》、眞王と対等の者。彼がいなければ魔族は創主達との戦いに敗れ、土地も国もなく彷徨《さまよ》っていたという。

ヴォルフラムによく似た美しい青年王の数歩後ろに、穏《おだ》やかな表情の東洋的な人物が描《えが》かれていた。外見は美よりも知性に勝《まさ》り、黒髪黒瞳の色だけがおれと同じだった。

「あの、大賢……げほっ……者……さまっ!?」

「違《ちが》うって、今は単なる村田だって」

　ヨザックが猊下《げいか》と呼んでいた時点で、身分の高い人だと気付くべきだった。国語の成績が芳《かんば》しくない野球小僧《こぞう》は、ゲイカなんて耳にしたこともない単語だったのだ。恐らくフリガナ無しでは読めないし、書けといわれても無理だろう。使用法もさっぱりだ。

　おれ以外の皆がどうして気付いたのかは知らないが、救国の英雄《えいゆう》、建国の父（母？）である双黒の大賢者が相手では、元王子殿下《でんか》といえど楯突《たてつ》けまい。わがままプーがおれにばかり八つ当たりしたのは、村田が偉《えら》すぎたからだったのだ。

「だっ、どっ、どっ、どっどうしたもんだろうっ、とりあえず今からでも様つけて呼んでみようかな、村田様」

「やめろ、僕は何もしてないんだから！　その人の記憶があるだけなんだからッ」

「……でも、ということはないよ。ってことはお前はおれなんかより、遥《はる》かにこの世界に詳しいんだよな」

「遥かに、ってことはないよ。僕にとっては生まれて初めての体験だし、魔族や人間の関係だって、彼等の時代とは大きく変化してる。言葉や知識に長《た》けてたって、村田健にとっては未知の場所なんだから」

「なのに、ずっと騙《だま》してたのか……」

「騙して、なんか」

「だってお前、言ってくれなかっただろ。最初に言葉が通じたときだって、ドイツ語できるからとか言い訳してた。フリンのとこでアメフトマッチョに会ったときも、いい加減な誤解で誤《ご》魔化《まか》してた……あれ全部、おれを騙してたんだな。知ってて平気で嘘をついたってことだよな」

おれはずるずると座り込み、机の脚《あし》に寄り掛《か》かった。板が素直《すなお》に重さを伝え、扉《とびら》を軽く軋《きし》ませる。

「この世界でだけじゃない、ニッポンの高校生活でもそうだ。土日に野球に付き合わせてるときも、イルカ観《み》に連れて行かれたときも、海でバイトしようって誘《さそ》ってきたときも、実はお前ずっと知ってたんだな？　なのにイルカプールで溺《おぼ》れたおれを、本気で心配するふりなんかしてたんだ」

「心配したさ！」

「今更《いまさら》おせーよっ！　だって何処《どこ》に行っててどんな目に遭《あ》ってるか、ちゃんと把握《はあく》してたんだろ？　そんなんで何が、海側の壁《かべ》まで流されたらしくて、だ。ああくそっ、もう何が何だか」

「聞けよ！　心配したさ。いくら渋谷が魔族の一員だって知ってても、今まで僕は一緒《いっしょ》に移動できたわけじゃない。いや、王になる人だからこそ、きみが無事に着いたかどうか心配なんじゃないか」

「うるせーよ、もう。嘘ばっかだ」

これまでずっとごく普通《ふつう》の友人だと思っていた相手から、特殊《とくしゅ》な単語を聞かされたのだ。ある意味ではこの世界にスタッアして、状況《じょうきょう》を告げられたときよりきつい。

会ったこともない美形外人に囲まれて、今日から貴方《あなた》が魔王ですと言われたのも、夢に見てうなされるくらい衝撃的だった。だがそれを受け入れることができたのは、全《すべ》てが非日常的だったからだ。あらゆる点で今まで育った世界と異なっていたから、新しい事実としてどうにか整理できた。

なのに今度は、昨日まで普通の友人だった相手が、王だの賢者だの口にしている。おれの中ではほんのついさっきまで、村田は中学の同級生だったのに、そいつがいきなり救国の英雄の生まれ変わりときた。

信じがたい、けれども新しい事実を柔軟《じゅうなん》に受け入れ、折り合いをつけていくのとは違う。

ずっと友人だと信じていた相手は、今までおれを欺《あざむ》いていたんだ。

「欺こうとしたわけじゃない。言わなかったんだ。言えなかったんだよ」

「それを騙したっていうんだよ！　そりゃそうだよな、言葉もしっかり話せるはずだ、こっちの世界で一番偉い賢者さまだもんな！　魔族とか人間とか……あの箱のことだって、誰《だれ》より詳しく知ってるはずだ。十五になるまでオカルトにも心霊《しんれい》現象にも興味なくて、ＳＦもファンタジーも宗教もろくにっ、ろくに本さえ読んでなかったおれより、そりゃずっと、ずーっと詳しいはずだよな！　それなのに……おれときたらバカみたいに……」

「渋谷」

焦《あせ》ったような村田に左手を振《ふ》り、首を斜《なな》めに傾《かたむ》けた。もう情けなさが度を超《こ》してしまって、まっすぐ座っている気力もない。

「いいんだ、別にもう。もうそんな怒《おこ》ったってどうしようもないもんな。ただあ……村田はこの世界のこと何一つ知らないんだから、日本人が、黒目黒髪が危険だなんて判《わか》ってないんだからって……村田にはおれしかいないんだって……おれが何とか護《まも》らなきゃなんて、なーんてバカみたいなことをさ。みたいじゃなくて、ほんまもんのバカなことを……畜生《ちくしょう》、おれって、あ、頭わる……いい笑いもんじゃねーか」

「笑わないよ。感謝してる」

おれは泣きたくなっていた。こんなに疲《つか》れていなかったら、とっくの昔に号泣《ごうきゅう》だろう。皿でも本でも枕《まくら》でも、手当たり次第《しだい》に投げつけてやる。

完全な独《ひと》り相撲《ずもう》だったことが恥《は》ずかしくて、馬鹿野郎《ばかやろう》と叫《さけ》んで逃げだしたい気分だった。何《ど》処《こ》か遠くまで走っていって、もう二度と村田になんか会いたくなかった。此処《ここ》が地球じゃないと悟《さと》られないように必死で辻褄《つじつま》合わせしている様子や、自分の地位や立場を隠《かく》そうと焦る姿を、こいつはどんな気持ちで見ていたろう。

どれだけ嘲笑《あざわら》っていたんだろう。

「笑うわけないだろ、感謝してたよ。何でこんなにいいやつなんだろうって、いつも申し訳なく思ってた。自分のことを告白できないまま、後ろめたく思ってた。もしかして、知らないで済むならそのほうがいいかとも思ったんだ。もしもこのまま、僕がしゃしゃり出るまでもなく事が治まって、きみが気付かずに済むのなら……そのほうがいいかもしれないって」

ぼんやり視線を漂《ただよ》わせた窓の向こうで、ヨザック曰《いわ》く「小競《こぜ》り合い」が起ころうとしていた。

まだ剣《けん》を抜《ぬ》く者はいないが、穏やかな雰囲気《ふんいき》とは言い難《がた》い。

「だってそうだろ、僕には確信がなかった。僕の魂《たましい》は地球に飛んでかなり経《た》つ。直前の女性が眞魔《しんま》国にいたきみよりも、かなり長く転生を繰《く》り返してる。色々な国で生まれるたびに、何度か真実をうち明けた者もいる。前世の記憶《きおく》がありますってね。二千年以上前の、それも異世界の記憶がありますって」

「……それで？」

笑いに紛《まぎ》れた溜《た》め息をついた。

「病人扱《あつか》いされたよ」

さすがに二千年前は厳しいだろう。百年単位なら場合によっては神様扱いだろうが、超《ちょう》ロングスパンとなると人々の想像力がついてこない。例えば公衆便所から流されたとか、自身が希《け》有《う》な経験をした人でなければ、素直に信じるのは難しい。

「もっとひどいときは悪魔《あくま》呼ばわりだ。あれにはほんと参ったね、危《あや》うく火炙《ひあぶ》りにされるところだった」

「ひ、火炙りって……」

「とにかく、何度かそういう経験をすれば、事実を話すのは賢明《けんめい》じゃないと気付く。誰にも、親にも、もちろん友人にも打ち明けなかった。きみにも……本当に言っていいのか……迷ってたんだ、今日までずっとね。でももし、最後のきっかけとして、もしきみが……渋谷が話してくれていたら、僕も告白しようと思っていたんだけど」

何を。

「きみの口から聞きたかったんだけど、残念ながら話してくれなかった」

「何を。まさか、まさか異世界旅行カミングアウト？　今日からおれは魔王ですなんて馬鹿げたことを、日本の友人に言えるわけないだろ!?　信じないだろ普通、あ」

「うん、馬鹿げてる。普通、信じない」

そうだよな。

おれも村田に話さなかった。同じ理由で村田もおれに話せなかったんだ。誰だって家族や友人に、変な奴《やつ》だと思われたくはない。おれは寄り掛かっていた椅子《いす》の脚に、後頭部を擦《こす》りつけた。それからゆっくりと膝《ひざ》を折って、短い掛け声で立ち上がった。

考えることも恐《おそ》れるものも、たいして変わりはしない。

「所詮《しょせん》、十六歳だもんなあ」

「ああ」

「ちぇ」

「なんだよー」

ふざけるみたいに肩《かた》を小突《こづ》いたら、村田も片手でやり返してきた。同じ強さで。同じ場所を。

青春映画なら野郎同士でも抱《だ》き合って、いわゆるハグとかしているところだ。でもお互《たが》いにこのシチュエーションで、そんな仰々《ぎょうぎょう》しいことはしない。日本人だから。

「……おれは魔王なんだってさ」

「うん」

「生まれはボストンで育ちは日本なのに、使ってる魂は魔族で、魔王になるべく育てられたんだってさ。笑っちゃうだろ?」

「ちょっとね」

「歴史とか経営学とか、そーいうの? なんつーの、帝王学《ていおうがく》? そんなの全然教わってないわけよ。知ってることといえば野球と……野球と野球のことだけ。大学どころか高校さえろくに行ってないんだぜ? なのにいきなり一国一城の主《あるじ》になれったってなあ。何百何千万の国民を治めろったってなあ。無茶苦茶だろ、なあ?」

「そうだよなー」

「お前はどうよ」

村田はもう一度、おれみたいにスポーツ雑誌と漫画《まんが》しか読まないような現代高校生でも理解できるように、彼の立場を繰り返した。だよなとかひでーよななんて相槌《あいづち》をうちながら、コンビニ前での世間話よろしく慰《なぐさ》め合った。次第《しだい》にどちらが大変か不幸自慢《じまん》になったが、結局勝負はつかなかった。

言葉にしない部分では二人とも、不幸だなんて思っていなかったからだ。

おれは今、地球の、日本の親友と、魔族のことを話している。自分達が転がり落ちてゆく運命の路《みち》を、ドラマの感想みたいに語り合っている。村田とこんな関係になるなんて、中二の始業式には想像もしなかった。不意に胸に熱いものが流れ込み、血管を伝って指先まで行き渡《わた》った。何もかも話せる人が存在する、その心強さは身体《からだ》中を温めた。

だが同時に、細いながらも残されていた、最後の逃《に》げ道を断《た》ち切った。

「……でも、現実なんだな」

「ん？」

「いよいよこれは本当に、現実なんだなあと思ってさ」

これまでおれは誰《だれ》も知らないところで仲間に会い、誰も知らない国の王だった。証拠《しょうこ》といえば胸に揺《ゆ》れるライオンズブルーの魔石だけだ。地球の、日本の真っ白い病室で何人もの医師に囲まれて、あれは夢だ、あなたは幻覚《げんかく》を見ていたと診断《しんだん》されれば、自分は正しいと言い切れる自信はなかった。

でも、もう違《ちが》う。

こちらの世界に仲間がいて、地球にもそれを知る友人がいる。

確かにこれは、現実だ。

誰にも疑わせない。

「もう夢じゃ済まされないんだ……あ、れ？」

硝子《ガラス》の向こうで銀の光が弧《こ》を描《えが》いた。鋼《はがね》の煌《きら》めきだ。予想できることはただ一つ、誰かが剣を抜き放ったということだけだ。慌《あわ》てて窓に取りつくと、甲板《かんぱん》にはフリンまでが登場している。

「やばい、なんか揉《も》めてるよ」

黄色がかったベージュの作業服の男が五人、沿岸警備艇《けいびてい》から乗り移ってきていた。武器を抜いたのは下っ端《ぱ》らしき後列の若者で、彼が一番余裕《よゆう》がなさそうに見えた。他《ほか》の連中はサイズモアやヨザックよりも、フリンを眺《なが》めてにやにやしている。

会話をやめて耳をすますと、シマロンの法律では女の責任者がどうだとか言っている。

「あーあ、あいつらまた融通《ゆうずう》きかねーことを。奥さんが旦那《だんな》の代理でどこが悪いんだか」

「どうするつもり？」

「決まってる。こういうときこそレッツ・ノーマン・ギルビットだ。彼が仮面の男で本当に助かるよ」

おれは音を立てて机を押し、簡易バリケードを移動させた。ドアノブを手荒《てあら》に捻《ひね》るが、一定方向にしか回らない。

「あれ。おっかしーな、おれ鍵《かぎ》かけたかな……」

「僕はさっき言ったよ」

村田が右手で金属をちらつかせた。銅色の小さな鍵だ。少し呆《あき》れたように頬《ほお》と口端《くちはし》を上げている。

「きみは、護《まも》られることに慣れなきゃいけない」

「だってあれ、フリンが女だから通さないって言ってるんだぞ!? 別にそんな危険なことじゃない、ちょっとノーマンのマスクで現れて、通行手続きをすればいいだけの話だ」

「駄目《だめ》だ」

「っだーっもう！」

扉《とびら》に足をかけ全力でノブを引っ張ってみるが、一向に開く気配はない。諦《あきら》めて窓に走り寄り、木枠《きわく》を掴《つか》んで持ち上げようとする。あ、が、ら、な、い。こちらにも厳重な鍵がかかっていた。ドアと同じ物だろうか。

「村田ぁ」

「駄目だ。どうしてもというならこの僕をぶん殴《なぐ》ってでも奪《うば》ってみせろ！　とか格好いいこと言ってみたりして」

とてもそんな覚悟《かくご》があるようには見えない。おれは三秒くらい迷ってから、ア行で呻《うめ》いて椅子の背を摑んだ。

「なんだよ。『殴ったね親父《おやじ》にも殴られたことないのに』ごっこを期待してたのにー」

「友達殴るよりッ、家具投げるほうが、ずっと楽だッ」

それでもってずっと、気分もいい。

シンプルなデザインの椅子《いす》の脚《あし》が、厚手の硝子を派手に割った。ちょうどいい、一度やってみたかったんだ暴力教室。それでも頑丈《がんじょう》な木枠は残り、身体《からだ》を出せる隙間《すきま》はない。蹴《け》っても肩でタックルかけても折れない。

冷たく湿《し》気った海風と共に、不穏《ふおん》な会話も流れ込んでくる。力ずくなんて単語が混ざっている。皆《みな》の者、落ち着け。その前におれ、自分が落ち着け。窓枠の中央に鍵穴があるが、手で叩《たた》いても壊《こわ》れそうにない。

「……お前が本当におれの親友の村田健なら……っ」

右手の人差し指の中で、銅色の鍵が止まる。

「王様だから大人しくしてろなんて言わないはずだ！　双黒《そうこく》の大賢者なら知らないけど」

「何をまた根拠《こんきょ》のない……」

「ムラケンならこうだ。ちょっと笑って顔を上げて、こう」

村田はそのとおりにした。参ったねという顔で床《ゆか》まで視線を落とし、指先で金属を弄《もてあそ》ぶ。それから、小さく笑って顔を上げた。

「こうなると思った」

それは多分、生まれる前に聞いた他人の口癖《くちぐせ》だ。

彼は赤く光る鍵を投げてよこした。手を伸《の》ばせば届く五十センチの距離《きょり》を、山なりの軌跡《きせき》で飛び込んでくる。

口の中でもぐもぐと礼を言い、焦《あせ》りを抑《おさ》えて窓を開けた。硝子の欠片《かけら》がこぼれ落ちるが、細かい傷などかまっていられない。

「渋谷、マスクマスク」

「おっと」

銀の覆面《ふくめん》をきっちり被《かぶ》り、後頭部で革紐《かわひも》をきゅっと結んだ。窓枠に片足をかけ、上半身を乗りだす。

「あんたら、待てーっ！」

全員の視線が一斉《いっせい》に注がれた。つんのめりつつ飛び出すおれの背後で、村田が聞こえよがしに呟《つぶや》いている。

「……ドアから出ればよかったじゃん」

大賢者様の仰《おっしゃ》るとおりだった。

5

「毒女アニシナと本能のコルセット。

夜は墓場をさまよう毒女アニシナだが、昼間は仕事のできる女も一どだ。

このも一どにちぇんじしたときの毒女アニシナはすごい。音のはやさでけいさんし、光のはやさで話す。だれにも聞きとれない。むてきだ！

あぶない！　毒女アニシナの腰《こし》に、じょうしの男のあぶらぎった指が！　これは、せくしゅあるはらすめんとだ！

ぎやあああああ！　じょうしの男のひめいがひびきわたった。するどい歯をむきだしたころせっとが、男の指に襲《おそ》いかかったのだ」

読んでいた本をぱたんと閉じて、グレタは細い顎《あご》を上げた。

「ねえアニシナぁ、ころせっとってなに？」

「貴婦人の下着の一部ですよ。もっとも我が国では下着としてではなく、腰や背骨の保護に使っていますが。それからグレタ、作品名は、本能ではなく煩悩《ぼんのう》です。毒女アニシナと煩悩のコルセット」

「ふーん。じゃあさあ、せくしゅあるはらすめんとってなに？」

「性的嫌《いや》がらせのことですね。ハーレイ・ジョエル・オスメントとは微妙《びみょう》に違います」

「誰《だれ》それー、オトコー⁉」

身につけた突《つ》っ込み文句を使う機会を得て、子供は足をバタバタさせて喜んだ。

「陛下のお好きな役者の名前のようです。それよりも」

高い位置できっちりと結《ゆ》いあげた燃える赤毛をぶん、と振《ふ》り回し、フォンカーベルニコフ卿《きょう》アニシナは机に両手をついた。水色の瞳《ひとみ》は根拠のある自信に輝《かがや》いて、本日も実験する気満々である。

「陛下のご無事も確認《かくにん》されたのですから、あなたは学問の遅《おく》れを一刻も早く取り戻《もど》さなければいけませんよ。大好きな陛下がお戻りになったときに、グレタがすっかりグレていたらがっかりなさるでしょう」

「判《わか》ってるよぉ」

長い睫毛《まつげ》を数回瞬《しばたた》かせて、少女は再び分厚い本を開く。読み聞かせ用に書かれた作品なので内容は引き込まれるほど面白《おもしろ》い。だが、十歳そこそこの子供には理解できない単語もいくつかあった。

「でも、せくしゅあるはらすめんとってどういうものなの？」

「どうと問われても……」

フォンカーベルニコフ卿は今、子育てにおける重大な局面に立たされていた。

初めての性教育だ。

女性にとって正しい性教育は非常に重要だ。できれば保護者と教育機関がうまく連携《れんけい》をとり、家庭と学校の両者で無理のないように進めるのが望ましい。この場合、アニシナはグレタの保護者でも教師でもなく、ここで懇切丁寧《こんせつていねい》に指導する義務はない。

だが、当事者である親（陛下とわがままプーの個性的夫婦《ふうふ》）と教育者（この国にいる間は恐《おそ》らく、真ギュンター）があの調子では、真っ当な性教育など不可能だろう。それどころか、赤ん坊《ぼう》は骨飛族が運んできて玉菜畑に投げ捨てておくのだなどと、愉快《ゆかい》な伝説で誤魔化《ごまか》しかねない。誤った知識を植えつけられてからでは遅《おそ》いのだ。

ここはひとつ、この赤い悪魔《あくま》が一肌脱《ひとはだぬ》ぎましょう。

「ではまず、螺腐霊死唖《らふれしあ》のおしべとめしべから説明しましょう！」

先は長い。

「そんなの知ってるよー。どうやったら子供ができるかなんてピッカリくんさんとお嫁《よめ》さんに聞いたもん」

毒女アニシナ、ちょっと衝撃《しょうげき》を受ける。ヒスクライフ家はそういうとこ開放的だ。

「そうじゃなくて、性的嫌がらせって、どういうときに訴《うった》えられたりするのかってこと。ユーリがグレタをぎゅーってするのはせくはらなの？　グレタは嬉《うれ》しいけど」

「それは愛情表現です。問題ありません」

「じゃあヴォルフがユーリをぎゅーってするのは？」

「それもある意味、愛情表現でしょう。問題ありません」

「じゃあヴォルフがユーリを、へなちょこっていじめるのは？」

「ヘニャチ、の先が、ヨコなら大丈夫《だいじょうぶ》」

ンだとアウト。

「じゃあさじゃあさ、アニシナがグウェンを後ろからがしーって羽交《はが》い締《じ》めにするのは？」

「あれは捕獲《ほかく》です。まったく問題ありません」

長い廊下《ろうか》の向こうから、尾《お》を引く叫《さけ》びと全速力の足音が近づいてくる。

「ああああああ」

腰まで届く髪《かみ》を床と平行になびかせて、フォンクライスト卿真ギュンター閣下が駆《か》け抜《ぬ》けてゆく。長衣の裾《すそ》はすっかり捲《まく》れ上がり、太股《ふともも》まで丸出しだ。

「猊下《げいか》がっ、猊下がぁぁぁーっっ！」

開きっぱなしの扉《とびら》の前を、風の如《ごと》く過ぎ去った。と思う間もなく血相を変えたフォンヴォルテール卿グウェンダル閣下が、同じく叫びながら突っ走っていく。

「触《ふ》れ回るなと言っているだろうがぁぁぁー!」

……アニシナは魔動湯沸《まどうゆわ》かし器を起動させた。

「春ですね」

「うん、春だねえ」

大シマロン本国最大の外洋港である東ニルゾンは、明るい色に占《し》められていた。建築物の壁《かべ》はどれも鮮《あざ》やかな白と黄で、瓦《かわら》と敷石《しきいし》は暖かな黄土色だった。次々と帰港する船《せん》舶《ぱく》も白系の塗装《とそう》が多く、それ以外は他国籍《たこくせき》とすぐに判る。人々の髪も薄茶《うすちゃ》が殆《ほとん》どで、稀《まれ》に金茶と栗毛《くりげ》が混ざるくらいだ。カロリアを訪《おとず》れた使者と同じように、兵士は長い髪を風になびかせている。

おれは到着《とうちゃく》を知らせようと、フリン・ギルビットの船室に向かった。

フリンはシマロンの沿岸警備連中に、女性の責任者では近海の航行を許可できないと性差別的発言をされて以来、ずっと部屋に籠《こ》もりきりだった。しかし彼女にとってもっとショックだったのは、おれ扮《ふん》するノーマン・ギルビット仮面が現れるやいなや事態が解決してしまったことだろう。

すごく短くまとめると、おれはこう言っただけだった。「あんたら、大シマロンよりカロリアに賭《か》けな。一生遊んで暮らせるくらい儲《もう》けさせてやるぜ」荒《あら》くれ者揃《ぞろ》いという警備連中は、面白《おもしろ》がって船を通した。天下一武闘会《ぶとうかい》では当然、大シマロンに賭けるだろうが、一枚くらいカロリア札も買うかもしれない。

国のことを真剣《しんけん》に考えている者が、女性だからというだけで突っぱねられ、逆にこんな愚《おろ》かな一言でも、男ならあっさり通過できる。

正直へこむよ。

「フリン、あんなアホ法律気にすんなよ。そろそろ降り……」

「あーっ！」

おばさんみたいな甲高《かんだか》い悲鳴をあげて、彼女はバサッとシーツを投げた。

「こ、断りもなく女の部屋を開けるなんて！」

「……今なんか隠《かく》した？」

「な、何も隠してなんかいないわよ。いいから早く出て。着替《きが》え中なの」

そうはいっても上着まできっちり身につけているし、荷物を広げている様子もない。満身の力をこめてドアを押し返すが、肩越《かたご》しにシーツを被《かぶ》せた膨《ふく》らみが見える。

「ベッドの中に誰か匿《かくま》ってるだろ⁉」

「匿ってない、誰もいないわよっ」

「嘘《うそ》つけ、ほらシーツが震《ふる》えてる。やっぱ誰か密航させてるな!? 何だよ彼氏ー? そうならそうと最初から言ってくれりゃ」

「きゃー、違《ちが》うわ彼氏なんかじゃないの」

「ま、まさか、旦那《だんな》が生き返りますようにって、猿《さる》の手に願かける恐怖《きょうふ》の急展開じゃねーだろなッ!?」

「誰が猿よっ」

その時、敷布は動いた。

松平《まつだいら》アナのナレーションと共に、洗いすぎて擦《す》り切れたシーツが派手に盛り上がる。

「ンモっ?」

「あれ」

ピンクの鼻がひょいと覗《のぞ》いた。

なんで羊!? なんでTぞう!?

「だから言ったでしょ、恋人《こいびと》でも夫でもないって」

おれを閉め出すのを諦《あきら》めて、フリンは渋々《しぶしぶ》ドアノブを離《はな》した。大人しくしているのも限界だったのか、ウール一〇〇%はベッドの上で飛び跳《は》ねた。目聡《めざと》くおれを見つけると、危険な角ごと突進《とっしん》してくる。

「うぐ。落ち着けTぞう、お座り、お座りだって! なんでまたこいつを連れてきたんだよ」

「だってカロリアに残してきて、もし食糧《しょくりょう》と勘違《かんちが》いされたらどうしようと……」

「ええ？　ラム肉……は、普通《ふつう》に食べるか」

顔のTゾーンだけが茶色い羊は、おれの腹に角と頭を擦《こす》りつけている。大興奮だ。

「それに」

「ンモッンモッンモッンモッンモシカシテェェェ」

「役に立つかもしれないし」

「そんなバカな。知・速・技・勝ち抜き！　天下一武闘会なんだろ？　羊の入り込む余地がどこにあるってんだよ。も」

「ンモシカシテェェェ」

「役に立つとしたら……そうだなぁ、野宿するとき暖かいってことくらいか？」

船にTぞうを残して行きたくないのか、フリンも精一杯《せいいっぱい》食い下がる。

「でもも」

「アアモシカシテェェェ」

「の話だけど、決勝戦が羊の品評会だったらどうするつもり？　こんなに勇ましくてモコモコな子は、そうそう見つかるものじゃないわ」

少なくとも副詞としては役に立っているようだ。

高級毛玉に指を突《つ》っ込んで、耳の後ろを掻《か》いてやる。四年に一度の国際大会の決勝戦が、家《か》畜《ちく》の見せっこであるはずがない。不思議なのはカロリアの人間であるフリンが、武闘会の内容に詳《くわ》しくないことだ。小シマロン領とはいえ参加資格のある土地なのだから、競技の種類くらい知っていてもいいのに。

「エントリーしたことないって言ってたけど、どんなことするかも知らないわけ？　テレビやラジオで中継《ちゅうけい》……ないか。でも新聞みたいな媒体《ばいたい》はあるんだろ？　それにあんた一応、領主夫人なんだからさ、来賓扱《らいひんあつか》いで招待されたりするんじゃないの？」

「まさか！　女子供は闘技場に立ち入り禁止よ。見つかったら死罪は免《まぬか》れない。シマロン王族でもない限り、決勝を観戦なんてできないわ」

「え？」

途端《とたん》に想像図が浮《う》かんできた。スタジアムを埋《う》め尽《つ》くす超《ちょう》満員の観衆、その全《すべ》てが立派な成人男性。響《ひび》く野太い歓声《かんせい》、駄洒落《だじゃれ》混じりの下品なヤジ。勝者にはおっさんの祝福と抱擁《ほうよう》が与《あた》えられ、敗者はおっさんに引きずられながら退場。道々で怒号《どごう》を浴びせられ、腐《くさ》った卵が投げつけられる。

熱い、熱すぎる。そしてサム……ムサい、ムサすぎる！

「噂《うわさ》によると決勝に残った者達は、己《おのれ》の肉体のみを武器にして全裸《ぜんら》で闘《たたか》うとか闘わないとか。鍛《きた》え上げられた肉体が、ぶつかり合うとか合わないとか。輝《かがや》く汗《あせ》その他諸々《もろもろ》の液体が、観客席まで飛び散るとか飛び散らないとか……」

「待てよそれ本格的に古代オリンピックじゃねえ!?　その事実を早く聞きたかったよ！」

まずい。非常にまずい。

おれの貧弱《ひんじゃく》な胸板《むないた》で対抗《たいこう》しうるだろうか……ああ駄目《だめ》だ、激しく見劣《みおと》りしそうだ。

そもそも野球選手の身体《からだ》つきは、他《ほか》のスポーツ、特に格闘系とは根本的に違う。清原《きよはら》みたいな筋肉くんは例外で、意外とふんにゃり型の選手も多い。待てよ、顔のいいほうの松井《まつい》なら、あるいは勝てるかも。しかし自分が稼頭央《かずお》ボディになるまでには、少なくともあと五年はかかるだろう。

「……でたーくなくなーってきたなーぁ」

「大丈夫《だいじょうぶ》？　今からでも腹筋する？」

そんなの体重測定の前日にダイエットを始めるようなものだ。どんなに危険なドーピングだって、一晩でマッスル化は不可能だ。

「お前たち二人きりで何して……どうしたユーリ、へなちょこ眉毛《まゆげ》になってるぞ」

駆《か》け込んできたヴォルフラムが、一瞬怒《いっしゅんおこ》るのを忘れてしまった。

「全裸だよ……ヴォルフ……満員のスタジアムで全裸なんだってさー……」

呆然《ぼうぜん》と呟《つぶや》くおれを前にして、美少年は頼《たの》もしげにうそぶいた。わがままで神経質だったはずなのに。

「なんだそんなことで落ち込んでいるのか。気にすることはない！　男なら誰《だれ》でも一度は通る道だ。観客も全員が全裸なら、単なる裸祭《はだか》りと同じじゃないか。会場中が一体になって、最高潮に盛り上がるかもしれないぞ」

会場中が……うぷ。

「細部まで想像するのはやめろ！」

喉《のど》を鳴らすTぞうを撫《な》でながら、フリンが怖《お》ず怖ずと口を挟《はさ》んだ。

「あの、まさかとは思うんだけど、決勝まで残る気でいるの……？」

「何を今更《いまさら》、当たり前のことを」

オリンピックは参加することに意義があるが、テンカブは優勝することに意味がある。


混《こ》み合う港の中程《なかほど》にどうにか充分《じゅうぶん》な隙間《すきま》をみつけ、やっとのことで赤い海星は着岸した。海の者達のルールとして、この国の旗を目立つところに掲《かか》げてはいた。それでも真っ赤な船腹は珍《めず》しいらしく、おれたちはすぐに外国人だと知られてしまった。

下船しようとデッキに向かうと、音もなく寄ってきたサイズモア艦長《かんちょう》が、小さな包みを差しだした。

「陛下、グウェンダル閣下が、これをお渡《わた》しするようにと……」

「グウェンがおれに？　なんだろ、って毛糸の帽子《ぼうし》かよ」

マスコット付きのリボンを解《ほど》き、ばか丁寧《ていねい》なラッピングを開く。中からはウィンター競技仕様のゴーグルと、フォンヴォルテール卿《きょう》お手製のキャップが出てきた。絶対に手編みだ、絶対に。タグには短く「マイド」のみ。

「……略すなよ」

「恐《おそ》れながら申し上げますと、陛下の御髪《おぐし》は大変に高貴な色をされておりますので」

「はいはい、それは先刻承知。被《かぶ》りますよ、被ればいいんで……み、耳ついてるぞ⁉」

どうりで見覚えがあると思った。赤茶のニットの両側には、可愛《かわい》らしいくまみみが生えていた。抱《だ》いて寝《ね》たい珍獣《ちんじゅう》第一位、クマハチの孵化《ふか》に必要なアイテムである。

「だからってこんなの、恥《は》ずかしくて被って歩けないノギスーぅ」

だったらまだ仮面の男でいるほうがましだ。

「裏返しちゃえばいいんじゃない？」

おれの手から帽子を取って、村田はくるんとひっくり返した。ちょっと不格好に膨《ふく》れるが、耳は内側に残って目立たない。

「ほらね」

「ほんとだ、頭いいなムラケン！　さすが大賢者様だ」

こんなところで賢者の知恵《ちえ》が役に立とうとは。いや寧《むし》ろ、こんなところ以外でも役立ちますように。

裏耳キャップを眉《まゆ》まで引き下げて、ウィンター競技用ゴーグルで目を隠《かく》す。これで口元を覆《おお》うマスクがあれば、冬季オリンピック気分も盛り上がろうってもんだ。

「いいねえ、渋谷。コンビニ強盗《ごうとう》みたい」

台無しだ。

高速艇《こうそくてい》からタラップを降ろすと、ひっきりなしに行き交《か》っていた人々が、たちまち船の脇《わき》に集まってきた。制服の警備隊が止めなければ、通路さえ確保できなかったろう。民衆は聞き取りにくい言葉で何事か叫《さけ》び、おれたちに向けて拳《こぶし》を突き上げた。

「こんなにインターナショナルな港なんだから、外国人くらい珍しくもないだろうに」

「だって天下一武闘会《ぶとうかい》の最終登録日よ。来る客といえば出場者でしょう」

狂《くる》ったように叫ぶ者達を見渡《みわた》して、フリンはわずかに目を眇《すが》めた。

「あの人達にとっては、みんな敵」

憎《にく》しみも嘲《あざけ》りもこめられている。同時に、属国への蔑視《べっし》ものぞかせている。

「……もっと爽《さわ》やかにできないもんかね。スポーツマンシップに則《のっと》って」

「ほんとに、あらゆる国際大会が爽やかだったらいいのにな。さ、早いとこエントリー済ませちゃおうか。あんまり大人数で動くのも怪《あや》しまれるから、ボディーガードはグリエとサイズモア艦長でいいかな」

六人と一頭がタラップを下り、大シマロンの本拠地《ほんきよち》に降り立った。

警備の制止にもかかわらず、人々の怒声《どせい》はやむことがない。ご当地特有の悪口なのか、意味はさっぱり不明だが。というより、単語を理解しようと意識を集中しても、耳鳴りみたいにしか聞こえないのだ。鼓膜《こまく》が破れたときに似ている。確かに人間の声なのに、脳の中で何万匹《びき》もの蜜蜂《みつばち》が、群れをなして飛び回っているようにしか感じない。

船酔《ふなよ》いで三半規管がいかれているのか、気分も悪く足取りも重い。揺《ゆ》れない平地に足を踏《ふ》み出しても、治るどころかむかつきが増すばかりだった。

不自然に生唾《なまつば》を飲み込んで、一時でも不快感を誤魔化《ごまか》そうとする。

とりあえず気を紛《まぎ》らわせようと、隣《となり》にいた村田に話しかけた。

「すげーな、ホントにビジターって感じ。カロリアの応援《おうえん》してくれる小学生はどこだ」

「一国一校制は素晴《すば》らしい案だったね。でも本来ならアウェーのチームは、どこでもこんな風に迎《むか》えられるもんだよ。あ、ほら、グーの形にも何種類かあるんだねー。右側の団体さんは小指立ててる」

言われてみれば、突《つ》き上げた拳の小指だけをぴんと立てている。

「イェーイ、オレたち全員彼女いるんだぜー、ってとこ？」

「ある意味、おれらに喧嘩《けんか》売ってるな」

「こっちは可愛く親指と小指。電話して電話してーって感じだね」

後ろで小さな悲鳴が上がった。プラチナブロンドが摑《つか》まれたのだ。

「フリン⁉」

「平気、平気よ。彼がとめてくれたから」

育ちのいい三男坊は憮然《ぼうぶぜん》としている。敵とはいえご婦人の髪《かみ》を引っ張るなんて、同じ男として許せなかったに違《ちが》いない。おれと村田にも嫌《いや》がらせの手は伸《の》びたが、仰《の》け反ったり身を屈《かが》めたりマトリックスしたりして、二人ともどうにか避《よ》けられた。

さすがにヨザックとサイズモアには、大シマロン国民も手を出せなかったようだ。意外なことにTぞうも、荒《あら》い鼻息と唸《うな》りで威嚇《いかく》に成功している。とりあえずおれも、鼻息を荒くしてみたら……変質者みたいで落ち込んだ。

港を抜《ぬ》け、東ニルゾンの市街地に入り、到着《とうちゃく》したばかりの出場者だという認識《にんしき》が薄《うす》れると、次第《しだい》におれたちへの注目はなくなった。入国の洗礼を受けてしまえば、それなりに自由に動けるようだ。

「もう午後いっぱいしか残っていないから、とにかく先に登録しないと。ねえ」

声を細めておれの袖《そで》に触《ふ》れる。カロリアの気丈《きじょう》な女主人が嘘《うそ》のようだ。

「……もしかしたらまたノーマン・ギルビットが必要になるかもしれないわ。そうしたら」

「結構ですよ被りますよ。ご用とあればいつでもマスクマンに変身するよ」

「ありがとう」

建造物はやはり黄色と白で彩《いろど》られていて、屋根と地面だけが明るい黄土色だった。二階建ての商店が殆《ほとん》どだが、中には三階四階までレモンイエローの壁《かべ》を広げた家もある。あらゆる年齢《ねんれい》の人々が通りを歩き、それぞれが思うままに過ごしていた。

道端《みちばた》に立って話をする主婦のグループ、嬌声《きょうせい》をあげて走り回る子供、カフェらしき店先で新聞を広げる老人、酒場でたむろして笑い合う男達。

一見して男は兵士が多く、女は働き手が多いようだった。買った食材を抱《かか》えているのもご婦人ならば、それを売る店番も女将《おかみ》さんたちだ。皆《みな》、ブラウン系の柔《やわ》らかそうな髪をしており、瞳《ひとみ》の色も濃《こ》さは違えど茶系だった。

広場の中央にある噴水《ふんすい》には、装飾過剰《そうしょくかじょう》なシマロン文字のプレートがあった。

「お誕生日おめで……」

「違う。そんなこと一言も書かれていない」

「我等は与《あた》える、偉大《いだい》なるシマロンの名にかけて。民《たみ》は王の御許《みもと》に。王は神の御許に」

「よくあんなゴテゴテした文字読めるなあ、村田」

フリンとサイズモアが登録書類を提出している間、せめてマイナスイオンでも浴びとこうと、おれたちは水しぶきがかかる近くまで寄った。上陸したときからの耳鳴りと軽い吐《は》き気が、少しでも治まるといいのだが。すると反対側の東屋《あずまや》に、子供が二人座っているのが見えた。白っぽい子達だ。

「……さむ」

「どうした？」

体を震《ふる》わせた相棒に気づき、ヴォルフラムがすかさず言葉をかける。大事な試合前に風邪《かぜ》じゃないだろうな、と続きそうだ。

「熱はどうだ？　額を出してみろ」

でもおれは窓枠《まどわく》も壁もない東屋から、ずっと視線が外せない。二人の子供の周りには、純白でとても薄い光の幕が広がっていた。冬の薄日の戯《たわむ》れなのか、それとも彼等あるいは彼女達自身の髪や身体《からだ》から、燐光《りんこう》のようなものが発せられているのか。こんな遠くからでは判《わか》らない。

でも、近くによって目を凝《こ》らしても、きっと判らないだろうという気はした。

二人が同時に右手首を上げて、こちらに向かって手招きをした。脳の疑問を生じるべき部分が、正常に働こうとしない。なんで呼んでるんだとか、この胸苦しさは恋《こい》？　とか疑いもしなくなっている。

抗《あらが》えない。抗えないことを不思議に思わない。

途端《とたん》にけたたましい電子音が鳴り響《ひび》き、おれは我に返って足を止めた。

「おいおい、おれ。ケータイ切っとけよ……って持ってないし」

照れ隠しがわりの一人ノリツッコミ。

携帯《けいたい》電話の受信音ではなく、おれの旅の友・健気《けなげ》なデジアナGショックだった。使い始めてそう経《た》つわけではないが、こんな時間にアラームが鳴る誤作動は初めてだ。

「渋谷ッ」

「……うん……はっ⁉　え、うん、何⁉」

「どこ行くつもりだ？」

「どこって、あの双子《ふたご》の……」

　随分《ずいぶん》近くまで来ていたことにやっと気づく。改めて見ると左右対称《たいしょう》に座った二人は双子の姉《し》妹《まい》で、十一、二歳だということが判った。髪の色も腰《こし》まで届く髪型も、服も顔つきも微笑《ほほえ》む唇《くちびる》の角度も剝《む》き出《だ》しの足も爪先《つまさき》を揺らすリズムももう何もかも、まだ耳にしていない声以外は全《すべ》てがそっくりだ。おれに手を振《ふ》るタイミングから、瞬《まばた》きをする睫毛《まつげ》の長さまで。

「……関《かか》わり合いにならないほうがいい」

　ヴォルフラムが、手の甲《こう》で額を拭《ぬぐ》いながら言った。この寒空に汗《あせ》をかいている。そういえばおれも背骨の溝《みぞ》に沿って、冷たい嫌な汗でじっとりしていた。思わず村田の顔を振り返るが、彼もまた深刻な表情だ。

「僕も彼と同意見だ。あの子達には接触《せっしょく》しないほうがいい」

「な、なんでー？　グレタよりちょっと年上なだけの、ごくごく普通《ふつう》のお嬢《じょう》さんじゃ……ないかも……」

　彼女達の髪はほとんど白に近い。フリンのプラチナブロンドと違うのは、銀ではなく限りなく白に近いという点だ。細く長い金髪《きんぱつ》を何度も脱色《だっしょく》したら、この淡《あわ》いクリーム色になるかもしれない。それとも生まれたときからその色で、周囲に光を振りまいているのか。

両脇《りょうわき》よりも中央が長いという、ミスター・スポック風の前髪の下で、やや離《はな》れ気味の大きな瞳が、子供らしい可愛《かわい》さを強調している。よく見ると虹彩《こうさい》は濃い金色で、細かい緑が散っていた。黒なんかよりずっと珍《めずら》しい。

ほんのり桜色の頬《ほお》はともかく、喉《のど》や顎《あご》の病的なまでの白さなどは、お袋《ふくろ》が日曜ジョークで言うように「味噌汁《みそしる》の具のワカメが透《す》き通って見えそう」だった。

あらゆる意味で人間離れしている。

四肢《しし》は細くしなやかそうで、大きめの不似合いな靴《くつ》を履《は》いていた。

「可愛い……というより、美しい、よなあ」

だからといってフェロモン美女ツェツィーリエ様を代表とする魔族《まぞく》の美しさとも質が違う。超絶《ちょうぜつ》美形ギュンターを前にしても、平均的容姿のおれが冷や汗をかくことはない。だがこの娘《むすめ》さんたちを見ているだけで、知らず知らず喉が詰《つ》まってくる。

双子の美少女に手招きされたくらいで、何を緊張《きんちょう》しているんだか。おれは彼女達に背を向けて、村田とヴォルフラムに小声で訊《き》いた。

「生まれて初めて見るんだけど、もしかしてあれがエルフですか?」

「エルフー? なんだそれは」

「渋谷それはゲームのやりすぎだよ。エルフは架空《かくう》の種族だって」

「はあ?」

河童《かっぱ》や魚人《ぎょじん》が実在する世界なのに、エルフが架空の存在だなんて!

おれの間抜《まぬ》け顔に苦笑《くしょう》しつつ、村田も声を低くする。

「よく見ろよ、耳とがってないし。ちょっと考えればすぐ判るだろ、ファンタジーやRPGに出てくるようなエルフって、あらゆる面で人間より優《すぐ》れてるんだぞ? そんな種族が本当にいたら、世界は彼等に支配されちゃうよ」

「失礼なことを言うな。そのエー、エー、エロフがどういう奴《やつ》かは知らないが、我々魔族がそいつに劣《おと》るはずがないだろう!」

眞魔《しんま》国の超エリート家系出身者としては、聞き捨てならない話だったようだ。

「じゃああの双子は普通の人間? それにしちゃウックシサの方向性が違《ちが》うような」

「うん、確かにあの娘《こ》たちは人間じゃなさそうだ。どっちかというと神……」

知識人・村田が新しい単語を教えようとしたときだ。

「おにーちゃん」

振り返ると、件《くだん》のふたりっこが、手を繋《つな》いでにっこり微笑んでいる。

三秒くらい視線を合わせてから、大慌《おおあわ》てで相談体勢に戻《もど》った。

「い、いま、おにーちゃんって言ったぞ!?」

しかも語尾《ごび》にハートマークまでつきそうだった。誰《だれ》だ、誰がおにーちゃんだ⁉　まず村田家の長男がのんびり確認する。

「僕は一人っ子だよー」

「うちだって兄一人しかいないって」

「ぼくは兄二人だ……まさかユーリ！　お前、今度は隠《かく》し妹か⁉」

「恐《おそ》ろしいこと言うなようっ！　第一、おれはコンビニ強盗《ごうとう》コスプレだぞ、ゴーグル越《ご》しに生き別れの兄妹《きょうだい》が判るもんか。そっちこそツェリ様が新しい恋人《こいびと》と……ほら、女の子が欲しかったって言ってたし」

「まさか母上、神族にまで手を……っ」

末っ子が絶句しかけた。中腰のまま怯《おび》えたように話し合うおれたちに、双子は再び呼びかける。

「おにーちゃんたち」

にっこり。

にーっこり。

「い、いま、おにーちゃんたちって言ったぞ⁉」

「三人ともおにーちゃんということか⁉」

「ある日いきなり見知らぬ土地で、美少女に突然《とつぜん》おにーちゃんと呼ばれる……」

聞き覚えのあるそのシチュエーション。

「判《わか》ったぞ！　妹キャラだな⁉　でもあれは妹がたくさんできるんであって、おにーちゃんが急に三人もできるって設定じゃないような……え」

押し掛《か》け婚約者《こんやくしゃ》の白い目と、同級生の脱力笑い。しまった、兄貴のゲームを拝借したのがバレたか？

「脳味噌の沸騰《ふっとう》しそうなことを言うな。そんな非現実的なことがあるわけがない」

「僕はむしろ巫女《みこ》さんキャラのほうが好きだなー」

「……すみませんデシタ……」

「どーでもいいですけどね、坊《ぼっ》ちゃんがた。オレは多分、ちょっとそこの人って呼びかけただけだと思いますよ」

一番冷静だったのは、どうやら妹に夢を持っていないらしいヨザックだった。辛抱強《しんぼうづよ》い性格なのか、ふたりっこはまだおれたちに手を振っている。

「こんにちは、おにーちゃんたち」

タイミングも声質もぴったりなので、まるで一人しか喋《しゃべ》っていないようだ。

「ど、どーも」

ヴォルフラムがおれの耳元で囁《ささや》く。よせ、あいつらは神族だぞ、関わり合いにならないほうがいい。

神族とは神様の一族ってことだろうか。じゃああの子達は神様なのか？　大シマロンという土地は、少女の姿の神様が広場で一休みしているらしい。きっと近くの寿司屋《すしや》に行けば、小僧《こぞう》の神様もいるのだろう。信仰心《しんこうしん》など欠片《かけら》もない野球小僧だが、神前ともなれば言葉も改まる。

「正月くらいしかお会いできませんのに、賽銭《さいせん》ケチって申し訳ありません」

双子《ふたご》の神族はクスクス笑った。それから独特の喋り方で言った。

「占《うらな》いを？」

「ん？　信じるかってことですか」

右神様が問答無用でおれの手をとる。手相をみるのかと思ったら、掌《てのひら》ではなく親指をぎゅっと握《にぎ》られた。胸のむかつきが強まって、そこに心臓でもあるみたいに後頭部の血管が脈打った。反射的に腕《うで》を戻そうとするが、関節が外れそうで引っ張れない。

「いてっ」

喉まで出かかった悲鳴を堪《こら》える。か細い割りには驚異的《きょういてき》な握力《あくりょく》だ。こちらの苦痛など思い量りもせず、彼女は単刀直入に訊いてきた。

「テンカブに？」

「出場するのかってこと？　ああ、そのつもりですよ、もちろん出ますよ」

その先もハモりすらしない異口同音で、優勝を？　可能性が？　希望を？　と続く。最後まで喋ってくれないものか。映画の字幕みたいで苛々《いらいら》する。

「残念ね」

「いきなりお告げかよ⁉　縁起《えんぎ》悪《わり》ィなあ」

「おにーちゃんたち、怪我《けが》する」

もっと悪いじゃん。

双子はとても楽しげに、顔を見合わせて笑い続ける。確かに神々《こうごう》しくて美しいけれど……。うまく表現できる言葉がみつからない。眉間《みけん》に皺《しわ》を寄せて悩《なや》んでも、語彙《ごい》の不足は補えなかった。他人の不幸を面白《おもしろ》がっているというか、人を人とも思っていなさそうというか。

左神様の濃金の瞳《ひとみ》が、ゴーグル越しにおれの眼《め》を覗《のぞ》き込む。

ばれた、と思った。事実、見抜かれていた。

「王？」

「おっ、おっ、王ってそんな、おれホームランバッターじゃ全然ないしッ！　顔と親指見ただけで打撃《だげき》成績が判るなら、是非《ぜひ》ともバッティングコーチになってもらいたいですけどッ」

「顔じゃない。魂《たましい》が」

慌てて指を取り戻そうとするが、思いのほか強い力で摑《つか》まれていた。抜けない。

「おい！」

ヴォルフが脇《わき》からおれの腕を摑み、兄譲《あにゆず》りの冷たい視線を向けた。

「放せ」

「あなた」

「あなた、この人に、従属を？」

もう一人の神族に見つめられて、元王子殿下《でんか》は一瞬《いっしゅん》ひるむ。誰かに従うようなやつじゃないよと、おれは口を開きかけた。

「本当は、王にもなれる資質なのに」

「前もその前も、魂はとても尊いのに」

「そりゃそうだ、元々彼は王子、いたた、なんだよヴォルフラム、乱暴……」

彼の血の気の引いた頰《ほお》に気付いた。前王の息子《むすこ》で名門出の純血魔族《まぞく》は、相手を射殺しそうな眼で睨《にら》んでいた。でもその整った横顔に、怒《いか》りとは別の感情も浮《う》かんでいる。最悪だったおれとの出会いを思いだしちゃったのだろうか。

少女達は笑っていた。喉《のど》の奥で、楽しげに。

先程《さきほど》からかいていた嫌《いや》な汗《あせ》が、一筋だけ背中を流れ落ちる。

どうやらこの、寒気がするほど美しい双子は、神様なんかじゃなさそうだ。

「ほんとよ。あなたには、そろってる。ね？」

「うん。ほんとよ、魂の前世が、見えるのよ」

「なんだよ君ら、見ただけで判るんなら、おれはどうして指とか摑まれてたんですか。ひょっとして逆ハラスメントとかいうやつですか……ヴォルフ、こんなセクハラ少女に耳を貸すこたないぞ。こんなの占いでも何でもないよ、誰が見たってお前は白馬の王子様だもん。スキーが得意かどうかは別として」

基本的に脳味噌《のうみそ》筋肉族なので、説得力などこれっぽっちもない。そういうときにこそ双黒《そうこく》の大賢者さまの出番だ。一件落着させてください。

「へーえ、そうなんだー」

オリーブの首飾《くびかざ》りを鼻歌で一節やってから、村田は二、三歩前に進んだ。しまった、東京マジックロビンソンモードだ。

「顔見ただけでタマシイだのゼンセだの判っちゃうんだー。そりゃすごいや、マジックロビンソン、ジェラシーだよ」

BGMが止《や》まないと思ったら、ヨザックが口笛で続けている。うろ覚えらしく調子外れで、妙《みょう》に明るい曲になっていた。

「同業者の僕としては、是非とも体験しておかないと。さ」

二人に向けてぐっと顎《あご》を突《つ》きだす。

「僕の前世も教えてくれる?」

「……あなた」

長くて重い沈黙《ちんもく》があった。少女達は僅《わず》かに動揺《どうよう》して、互《たが》いの手を握り合ったりしている。やがて右側が口を開くが、もう楽しげな笑《え》みは浮かべていない。

「学問を？」

「ブー、外れ。前世は『修道女クリスティンの甘い罠《わな》』ってシリーズで、AV女優をやってました。じゃあその前は？」

「……記録者を？」

「ブーまた外れ。その前は第一次世界大戦で軍医をやってて酷《ひど》い目に遭《あ》いました。なんだ全然当たらないねー。でも美人双子姉妹《しまい》占い師って、それだけで充分《じゅうぶん》客は呼べるけど」

少女達の透《す》き通るように白い肌《はだ》が、絵の具でも落としたみたいに朱《しゅ》に染まった。繋《つな》いだ手が小刻みに震《ふる》えている。味わったばかりの敗北が、相当、悔《くや》しいのだろう。

ていうか村田、お前って前世でも何者？　甘い罠って何だよ、甘い罠って。

美しい双子が両手を握り締《し》め、およそ似合わない悪態を今にも吐《つ》こうとしたときだった。噴《ふん》水《すい》の飛沫《しぶき》の向こうから、他国の軍服姿の男が姿を現した。

「ジェイソン、フレディ、何かあったか」

忘れようとしても忘れられない、年齢《ねんれい》より枯《か》れた渋《しぶ》い声だ。

名前を呼ばれた少女達は、ぴったり同じタイミングで腰《こし》を浮かせた。

「マキシーン！」

ナイジェル・ワイズ・マキシーン。

小シマロンの最悪の男だ。

「双子なのにジェイソンとフレディって……おすぎとピーコくらいにしとけばいいのに」

村田の突っ込みポイントは、今回も微妙《びみょう》にずれている。

6

読んでいた本をバタンと閉じて、グレタは机の上に頬を押しつけた。暖房《だんぼう》を効かせすぎた室内で、石材の冷たさが心地《ここち》いい。

「辞書って、つまんないねえ」

「そうですか？　知らない言葉を次々と覚えていくのは、存外気持ちのいいものですよ」

フォンカーベルニコフ卿《きょう》アニシナは、泡《あわ》を吹《ふ》く苔緑《こけみどり》の液体に灰色の毛髪《もうはつ》を数本落とした。誰《だれ》の物なのかは定《さだ》かではない。

「わたくしがあなたくらいの外見の頃《ころ》には、自分専用の辞書を編纂《へんさん》していたものです。それというのも残念ながらこの国には、水棲《すいせい》一族特有方言の手引きがまだなくて、幻《まぼろし》の骨魚族《こつぎょ》に関する聞き取り調査が一向に進まなかったからです」

「骨魚族!?」

いつの世も子供は未確認《みかくにん》生物好きだ。大好きな父と母（どっちがどっちなのかは不明）が帰国せず、ここのところ沈《しず》みがちだったグレタの表情が、ＵＭＡの名を聞いてぱっと輝《かがや》いた。

「すごい！　骨魚族ってなに!?」

「骨飛族や骨地族と同様に、骨に似た身体《からだ》で生きている水棲種族のことです。水辺で遭遇《そうぐう》した者が呼びかけても、返事がない、ただの屍《しかばね》のようだ、と思われがちですが、人目のない静かな海や湖では縦横無尽《じゅうおうむじん》に泳ぎ回るとか」

凛々《りり》しく濃い眉毛《まゆげ》を僅かに寄せて、グレタは懸命《けんめい》に想像した。泳ぎ回る骨。

「……誰かの食べ残しじゃないんだよね？」

「とんでもない。いかな天才庖丁人《ほうちょうにん》といえど、あれだけ元気に泳がせるのは不可能でしょう。滅多《めった》に出会えない稀少《きしょう》な存在なので、地元では骨魚どんと呼ばれて縁起物《えんぎもの》扱いされています。海藻《かいそう》の巻き付いた姿がこの上なく愛らしいとか」

「骨魚どん……」

子供うっとり。きっとフジツボとかついてるんだろうな。

「彼等固有の言語を読み解き、異なる文化を持つ者達と交流するのは楽しいものですよ。そのとき編纂した辞書が、確かここに……あっ」

強気で知的な赤毛の美人、眞魔《しんま》国三大魔女《まじょ》と称《しょう》される魔力の持ち主で子供の夢に現れる女性順位第一位、赤い悪魔こと全天候型マッドマジカリストであるフォンカーベルニコフ卿アニシナにも、一つだけ不便に感じている部分があった。

少々、小柄《こがら》。

金もいらなきゃ（持ってるから）、女もいらぬ（自分が女だから）、わたくし、も少し、背が欲しい。と生まれてから三度くらい呟《つぶや》いたことがあるのは、フォンヴォルテール卿しか知らない秘密だ。ともあれ殆《ほとん》どの場合は長身の助手がいたので、特に困ったこともなかったのだが。今も高いところにあった分厚い革《かわ》表紙を取ろうとして隣《となり》の物まで落としてしまったが、見た目の数十倍力強い腕《うで》で、しっかりとそれを受け止める。

「アニシナだいじょぶー？」

「ええ大丈夫《だいじょうぶ》です。おや、これは『緊急《きんきゅう》報告。実録！　ユーリ陛下二十四字』ですね」

「なにそれ!?」

「陛下のお生まれになった土地の言語を高等魔族語と照らし合わせ、お育ちになった環境《かんきょう》を知ることで、陛下をより敬い尊ぼうと、わたくしが書き始めたものなのです。しかし何分にも国をお空けになることの多い御方《おかた》なので……まだ二十四語しか登録できていないのが残念です」

「見たい見たいー見せて見せてーェ」

未来を担《にな》う少女にせがまれて、赤い悪魔もまんざらでもない様子だ。

「まだほんの触《さわ》りだけですよ？　いいでしょう、ではどんな言葉を知りたいですか」

アニシナは濃紺《のうこん》の表紙を開いた。太さも大きさも独特で、個性的な文字が現れる。とても女性の筆跡《ひっせき》とは思えない、まるで暗号だ。こんな筆跡の恋文《こいぶみ》などが届いたら、新手の嫌《いや》がらせかと勘違《かんちが》いしそうだ。

「うーんとね、じゃあね、へる！」

「へる？」

「うん、そう。ユーリ、へるって言葉よく使うの。へるめっととか、へるぷみーとか、サッコンのイキスギタへるしーシコウがとか」

「……へる……ああ、ありました」

綺麗《きれい》に切り揃《そろ》えられたウミドクグモ貝色の爪《つめ》を、グレタは憧《あこが》れの視線で見た。男だったらユーリみたいになりたいし、女だったらアニシナみたいになりたいなー。

かなり危険な将来設計だ。お薦《すす》めできない。

「……へる、とは地獄《じごく》のことですね」

「地獄？」

「そのようです。因《ちな》みに、しーは海という意味。つまりへるしーとは地獄の海のことです」

「地獄の海なんだーぁ。ユーリすごいとこに住んでたんだね……あれ？」

長い廊下《ろうか》の向こうから、またしても尾《お》を引く叫《さけ》びと全速力の足音が近づいてきた。

「ああああああ」

腰まで届く髪《かみ》を床《ゆか》と平行になびかせて、フォンクライスト卿真ギュンター閣下が駆《か》け抜《ぬ》けてゆく。長衣の裾《すそ》はすっかり捲《まく》れ上がり、太股《ふともも》まで丸出しだ。

「猊下《げいか》がっ、猊下が眞魔国に御帰還《ごきかん》になられた暁《あかつき》にはぁぁぁぁぁ！　七夜連続祝いの宴《うたげ》・食い倒《だお》れ飲み倒れ脱《ぬ》いだらすごいんです今夜は無礼講を催《もよお》さなくてはぁぁぁぁぁぁぁ」

開きっぱなしの扉《とびら》の前を、風の如《ごと》く過ぎ去った。と思う間もなく血相を変えたフォンヴォルテール卿グウェンダル閣下が、同じく叫びながら突《つ》っ走っていく。

「待て！　あれは予算を超《こ》える上、女性貴族に受けが悪いっ！　だから勝手に決めて触《ふ》れ回るなと言っているだろうがぁぁぁー！」

「……さっきからどうも騒《さわ》がしいと思ったら、品のない男達が正気を失っているようですね。ここは一刻も早く目を覚まさせてやるのが、識者の務めというものでしょう。グレタ、耳を塞《ふさ》ぎなさい」

「うん」

アニシナは「爆殺《ばくさつ》！　魔動追撃弾《まどうついげきだん》」を起動させた。

「へるですね」

「うん、へるだねえ」

ナイジェル・ワイズ・マキシーンは、カロリアを地獄にした男だ。

小シマロン軍隊公式ヘアスタイルと公式ヒゲスタイル。痩《や》せて肉のない白い頬《ほお》と、どちらかといえば細い一重《ひとえ》の目。そのせいか全体的な印象は、力強さや精悍《せいかん》さよりも鋭利《えいり》な凶器《きょうき》を思わせる。おれの決めたあだ名は刈《か》り上げポニーテールだが、今更《いまさら》そんな愛らしい名前で呼んでやるつもりはなかった。

「テメっ、刈りポニ！　どのツラ下げておれたちの前にッ」

あ、呼んじゃった。

「おや、誰かと思えばその声は」

相変わらず小シマロンの軍服に臙脂《えんじ》のマントまで着用した男は、また傷の増えた横顔を歪《ゆが》ませた。笑ったのだろう。故意に抑《おさ》えてゆっくりと、威圧感《いあつかん》を与《あた》える話し方をする。

「カロリアの委任統治者ノーマン・ギルビットの客人で、その後、勇敢《ゆうかん》な虜囚《りよしゅう》達と共に我が小シマロン王サラレギー陛下のため崇高《すうこう》なる任に志願されたが、何らかの力の暴走により行方《ゆくえ》知れずになられたはずの、クルーソー大佐《たいさ》とやら……ですかな」

「いっそ大胆《だいたん》に略してくれ」

しかもかなり都合良く間違《まちが》っていた。

随分《ずいぶん》たったようでもあり、逆に昨日のようでもあるが、この男が王の命による実験をやらかさなければ、大陸西側は打撃を受けなかった。大シマロンに向かっていたおれたちと不運な囚人達をスタジアムに集めて、最凶最悪の兵器である「地の果て」を解放しようとしたのだ。どうやって手に入れたのかも判らない、異なる鍵《かぎ》で。

コンラッドの腕で。

マキシーンは一重の瞼《まぶた》をいっそう細め、おれの連れを確認《かくにん》した。

「……魔族が増えている。そちらの副官殿《どの》とは以前にお会いしているが、類《たぐい》の違う美形の方とはお初にお目にかかりますな。これはこれは皆様《みなさま》お揃いで。呑気《のんき》にシマロン観光ですかな」

「なにーっ!? そっちこそカロリアを、大陸の半分以上をあんなことにしておいてからに、娘《むすめ》さんつれて家族旅行かよ!? あっお嬢《じょう》さん方には罪はないんですけれども」

「娘？」

冷たい臭《にお》いさえしそうな男は、麗《うるわ》しき双子《ふたご》の左側に立つ。

「私の娘だと？　まさか。名付け子ではあるが」

「名付け子ーっ!?」

この世界での命名権は、親以外の人が持つものなのだろうか。それにしても美少女ツインズ姉妹《しまい》に、ジェイソンあんどフレディとつけるのはどうでしょう。こんなに綺麗で可愛《かわい》いのに、二人揃って何人殺したか判らないという、スプラッターシスターズじゃありませんか。

「うう、よ、よかったー、おれの名付け親が渋谷リングとか提案してなくってー」

「僕なんかヘタしたら村田ザクだよ。危ない危ない」

「……ザクか、武人としてはかなりいける名前だな」

ヴォルフラムが少々感心している。だからって娘につけるのはよせよ。

「この人達が」

13日かエルム街のどちらかが、冷血男の腕をとった。こんな奴《やつ》と親しくしちゃいけないよとおにーちゃんぶった意見をしてやりたい。しかし彼女達が魔族と同様に、見た目と年齢《ねんれい》が一致《いっち》しないということも考えられる。おれよりずっと年上かもしれない。ナマの神様にお会いしたことなど生まれてこのかた一度もないから、用心するにこしたことはない。

「この人達、テンカブに」

「出場すると言ったのか？　これはこれは……いやまったく、これはこれは」

顎髭《あごひげ》など扱《しご》いている様子からして、健闘《けんとう》を祈《いの》ってるわけではなさそうだ。嫌な感じだ。同じ顎髭同盟なら、アゴヒゲアザラシのがずっとましだ。

「魔族の国家を招待したとは聞き及《およ》んでおりませぬがな。ああもしや客人方は異種族ながら、カロリアの代表として闘《たたか》われるのか。彼《か》の地は災害からの復興で、それどころではないと思っていたが」

「……よく言うよッ……お前のせいだろ」

「私のせいだと言われるか。それはまたとんでもない勘違《かんちが》いだ」

少女の肩《かた》に置いていた手を持ち上げる。返した掌《てのひら》を天に向け、スピーチのスタンバイ完了《かんりょう》だ。

「カロリアは小シマロンに領土化されたのだ。従って彼の地の民《たみ》は小シマロン王サラレギー陛下に全《すべ》てを捧《ささ》げねばならない。彼等はそういう運命なのだよ。何人も神の定めた運命には逆らえぬ。寧《むし》ろ陛下のお役に立てることを、幸いと思うべきであろう。現在は祖シマロンたる大シマロンを拝する立場だが、それも今だけのこと。いずれ両国は統合され、サラレギー様が主《あるじ》となられるのだ。この大いなる存在にお仕えできることを喜びと言わずして何と呼ぶべきか」

酔《よ》っちゃってる。

でも一つ、意外な事実が判明した。

「じゃあ今んとこは小シマロンって、大シマロンに頭が上がらないんだ」

マキシーンは僅《わず》かに眉《まゆ》を顰《ひそ》め、頰の傷を引きつらせた。

「だが才覚と資質のある者が民《たみ》を統《す》べるのは世の習い。やがてはサラレギー様が大陸全土を、いやこの世の全てを治められる日がくるだろう。それもまた運命というものだ。クルーソー大佐殿」

あからさまに慇懃《いんぎん》無礼な敬称《けいしょう》で、冷蔵庫男はゴーグル越《ご》しにおれの目を覗《のぞ》き込む。

「聞くところによると黒髪黒瞳の双黒《そうこく》は希世の存在だとか。お国でもかなりの高位におられるのだろうが……大佐、そして魔族の皆様方も、果たしてこの遠い敵地に赴《おもむ》いてまで、関《かか》わりもない異国の代理人をされる余裕《よゆう》がおありだとは。さすがに先の戦《いくさ》で最後まで抵抗《ていこう》し、我等を苦しめただけのことはある」

気のせいか右隣《みぎどなり》が妙《みょう》に熱い。元プリ殿下《でんか》が怒《いか》りで体温を上げているようだ。いつ剣《けん》を抜いてもおかしくないほど、ヴォルフラムは苛立《いらだ》っている。けれど彼は右手を動かさず、冷徹《れいてつ》な声で言っただけだった。長兄《ちょうけい》の真似《まね》でもしているみたいに、見事に感情を抑えている。

「そのとき、お前はいくつだった、人間？　どうせ薄汚《うすぎたな》い寝台《しんだい》の中で、毛布にくるまって震《ふる》えていたのだろうが」

「な……私は既《すで》に十五で……」

「新兵か。そういえばドルマル付近で、怯《おび》えた新兵を見逃《みのが》してやった覚えがある。恐怖《きょうふ》のあまり粗相《そそう》をしたか、その場が小便臭《しょうべんくさ》くて参ったがな」

「ドルマルになど、行っていないっ」

「ふん、ひ弱な新兵の初陣《ういじん》にはあの程度の小競《こぜ》り合いがうってつけだと思ったが。では激戦のアルノルドまで出たか？　そんなはずはない、生きて戻《もど》った者はいるまいと兄から聞かされている」

　地名を聞いて狼狽《ろうばい》するマキシーン。ヴォルフラムに頼もしささえ感じてしまう。

「まさか、アルノルドの生還者《せいかんしゃ》なのか!?　ではその若さで……ルッテンベルク師団の一員だったと……」

「あ、そういえばオレ、アルノルドにいたわ」

「え!?」

　全員の後ろでヨザックがあっさりと手を挙げた。

「それ、オレんとこの師団の話だ。やー懐《なつ》かしいねェ。あの頃《ころ》はまだオレ様も、とれとれピチピチだったわぁ」

蟹《かに》料理なみとは、恐《おそ》るべし魔族《まぞく》の外見年齢。刈りポニとヨザックを比べたら、一回り近くの差をつけてヨザックのほうが若い。ただしそれは見た目だけのことで、実年齢は三倍近くの開きがある。フェロモン女王のツェリ様だって、人間でいったらギネスブック並みの老婆《ろうば》なのだ。だが、そうと知ったときにはもう遅《おそ》い。あのナイスバディと蠱惑《こわく》的な微笑《ほほえ》みに騙《だま》されて、心身共に悩殺《のうさつ》済みだ。騙されたおれにも非はあるけど。

「まあ、結局この場で一番のヒヨッコはおれなんだよな。どじょっこだのふなっこだのは春まで出てこないから」

「でもほんと、よかったよねー。そのルーキーにつけられた頬の傷も、すっかり癒《い》えたみたいだし」

マキシーンが唇《くちびる》を歪《ゆが》める。頬《ほお》の傷が引きつった。あれを、おれがつけたって？

「ご冗談《じょうだん》で……」

喉《のど》まで出かかった言葉は、そのまま呑み込まれた。見る見るうちに男の顔が恐怖に支配されたからだ。刈りポニは双子の腕《うで》を文字どおりひっ摑《つか》み、一目散に走りだした。

「では各々方《おのおのがた》、会場で会おう！」

時代劇みたいなことを言い捨てる。フレディもしくはジェイソンが小さく手を振《ふ》っている。

何が起こったのか判《わか》らずにただ呆然《ぼうぜん》としていると、轟《とどろ》く蹄《ひづめ》の音と共に動物が猛然《もうぜん》と突《つ》っ込んできた。

「Tぞう！」

「ソモふっンモふっンモふっンモふふふーっ！」

螺子山《ねじやま》型の瞳《ひとみ》を三角にし、モコモコ巻き毛も逆立てて怒《おこ》っている。すごい鼻息だ。

「なんだ、彼は羊が苦手だったのか。人は見かけによらないもんだよねー」

「羊が……」

同じように冷徹無比な容貌《ようぼう》でも、小動物を愛して止《や》まない者もいれば、偶蹄《ぐうてい》類を異常に怖《こわ》がる者もいる。子供動物園に同時に放《ほう》り込んだら、結構なショーが見られるのではないか。

サイズモアを伴《ともな》って、フリンが噴水《ふんすい》の向こうに姿を現した。おれを見つけると安堵《あんど》の笑顔《えがお》を浮《う》かべ、足取りが速まって小走りになった。手の届く場所まで近づくと、不意に心配げな表情になる。冷たい指先が額に触《ふ》れた。

「どうしたの、顔色が悪い」

「んー？　別にィ。さっきから特に変化はないよ。きっとここが寒いから、唇とか紫《むらさき》になってるんじゃねえ？」

確かに、先程《さきほど》から特に変化はない。急に容態が悪化したわけではなく、上陸してからずっとこうなのだ。風邪《かぜ》の初期症状《しょうじょう》に似た感じが、胸と頭を苛《さいな》んでいる。軽い吐《は》き気と息苦しさ、頭が重く、少し痛む。それから、耳鳴りもだ。

「無理もないさ、人間の土地だし。さっきまで目の前に神族がいたんだ。法力の粒子《りゅうし》が強いんだろう。魔力《まりよく》の強い者は肉体的にも精神的にもきついよ。フォンビーレフェルト卿《きょう》もしんどいんじゃない？　僕とグリエさんとサイズモア艦長《かんちょう》は平気なはず……どうした艦長、浮かない顔して」

名前を挙げられた中年男性は、沈《しず》んだ表情で頷《うなず》いた。

「いいえ。いいえ猊下《げいか》、ご心配いただき恐縮《きょうしゅく》ではございますが……そのぉ、非常に個人的な些《さ》末《まつ》なことでして」

フリンが登録証を捲《めく》りながら、怪訝《けげん》そうに小首を傾《かし》げた。銀の髪が肩を流れ、午後の日差しに煌《きら》めいて背中を覆《おお》う。

「この人ずっと落ち込んでいるのよ」

「落ち込んで？　なんだよ艦長、遠慮《えんりょ》せずに言ってみな。おれか村田にできることなら……」

「ああ陛下、もったいのうございます！　自分はただ、その|、この国の兵士が皆《みな》、誰《だれ》も彼もが……髪が素敵《すてき》なので……」

髪がステキ!?　新前魔王も超《ちょう》美少年元プリ殿下《でんか》も、さすがの大賢者様さえ鸚鵡《おうむ》返《がえ》しだ。言われてみればふわふわロン毛も魅力《みりょく》的だが、少なくとも中年男が夢見るヘアスタイルではないような。それともフランシスコ・ザビエル魔族としては、頭頂部にも毛があることは憧《あこが》れなのだろうか。

口火を切ったのはヴォルフラムだった。

「お、お前は馬鹿《ばか》かっ⁉ 武人にとって髪《かみ》など頭部を保護できればそれで充分《じゅうぶん》だろう！」

「は、申し訳ありません閣下！ 仰《おっしゃ》るとおりでございます」

「まあまあヴォルフ。サイズモア艦長もさ、そんなに気になるなら軍人から野球に転向すりゃいいよ。帽子《ぼうし》かヘルメットで隠《かく》せるしさ」

「駄目《だめ》だよ艦長、自分の個性を隠すのはよくない。その点サッカーなら大丈夫《だいじょうぶ》。ジダンなんか世界的英雄《えいゆう》だよー？」

「髪ってそんなに重要なこと？」

輝《かがや》くプラチナブロンドのフリンの発言に、おれたちは一斉《いっせい》に反論した。

「あんたに言われたかないよ！」

野郎どもの抗議に一瞬ひるむが、すぐに気を取り直して話題を変える。

「ええそうね、私の髪はそれなりに綺麗《きれい》よ。だって女の武器のひとつですものね。でも今は頭《とう》髪《はつ》よりも毛皮を探さなくては。『知・速・技・勝ち抜《ぬ》き！ 天下一武闘会《ぶとうかい》』の開催日《かいさいび》は明後日《あさって》なのよ。それまでに速さ部門で使用する車と、牽引《けんいん》する動物を手配しなくちゃならないわ」

おれの聴覚《ちょうかく》が田嶋《たじま》ならば、フリンは女の武器を利用してきたと言っただろうか。けしからん、ジェンダー教育の問題だ。いやそんなことより、おれの聴覚が確かならば、彼女は車とそれを引く動物と言っただろうか。

なにそれ。

本当に天下一武闘会なのか、いよいよ怪《あや》しくなってきた。

「知・速・技・勝ち抜き！　天下一武闘会」、大胆《だいたん》に略して「テンカブ」は、文字どおりの総合競技会だった。

つまり、頭でっかちでもいけないし、脳味噌《のうみそ》きんにくんでも優勝はできない。知的で強くて顔が良くても、うちの母親お気に入りのキャッチコピーみたいに、のろまな亀《かめ》では許されない。

「順番はそのまま、まず『知』で篩《ふる》い落とされ、次に『速』へ進む。このために車と動物が必要なの。ニルゾンを出発点として、決勝戦の行われる大シマロン王都ランベールまで、出場全地域の選手団が車で競争するのよ」

「待て！　待てよ、その知能テストってのは、自販機《じはんき》でジュースが買えるかとかそういう技能でいいのか？」

「渋谷、チンパンジーじゃないんだからさ」

「筆記問題だと聞いてるけれど……私も初めてなものだから」

「くはー、筆記試験！　そんなん残れるわけねーじゃん。実生活でもマークシート上手なおれが、外国語の試験でいい点採れるわけねえよ」

しかもフリンは選手枠《わく》の三人に、おれとヴォルフラムとヨザックを登録していた。おれたちがあまりに自信ありげなので、決勝まで残ることを見越《みこ》した人選だという。

だって決勝戦は『技』こと武闘会なのよ。大シマロン選出の最強兵士と戦わなければならないのよ。失礼だけど、ロビンソンさんはあまり戦闘能力が高そうに思えなかったんだもの。大《たい》佐《さ》だって大差はなさそうだけど、あなたは計り知れない魔力の持ち主だし。

間にベタな駄洒落《だじゃれ》まで挿入《そうにゅう》して、必死に説明してくれた。曰《いわ》く、金を積んで他国の傭兵《ようへい》を雇《やと》ってもいいが、三人のうち一人は自地域に属する者であること。決勝で剣《けん》を交えるのは、前回の優勝国である大シマロンであること。事実上の永久シード権だ。

「それはどゆことー？　つまりおれは謎《なぞ》の魔族でもクルーソー大佐でもなく、カロリア人のノーマン・ギルビットとして登録されてるってことー？」

「……そうなの」

「あちゃー」

おれの敗北はノーマン・ギルビットの敗北、おれの勝利はノーマン・ギルビットの勝利か。故人の名誉《めいよ》がかかって責任倍増だ。

「けど、あんたの旦那《だんな》がずっと前に死んでることを、大シマロンの幹部連中は知ってるんじゃないの？」

「疑われてはいるけれど、まだ確信はないと思うの。彼等は最初から私に接触《せっしょく》してきたわ。ノーマンは高潔な人柄《ひとがら》だったから、たとえカロリアの若者のためだとしても、ウィンコットの毒を邪《よこしま》な目的で譲渡《じょうと》するとはシマロン側も考えなかったんでしょうね」

なんともいえない自嘲《じちょう》めいた笑《え》みを浮かべて、フリンは脇《わき》の露店《ろてん》に視線を移した。

あんたならやりかねないと思われていたわけか。

自国の青年兵を救うためなら、フリン・ギルビットはその白い手をも汚《よご》すと評価されていたんだな。

大急ぎで市場に駆《か》け込んだが、売られているのは日用品や食糧《しょくりょう》ばかり。オールインワン馬車セットを扱《あつか》っていた商人は、とっくの昔に店じまいしたという。夕飯の食材を買い込む人々で賑《にぎ》わう路《みち》を、おれたちは溜《た》め息まじりにそぞろ歩くしかなかった。

「しゃーないなあもう。よーし、じゃあ南瓜《かぼちゃ》、カボチャ買っちゃうから、ムラケンの力で馬車にしてっ」

「無理。レッツ自力でチャレンジ、ゴー」

「ぼくの偉大《いだい》さを思い知らせる提案があるが」

「どうぞ！」

二人同時にヴォルフラムへと指マイクを向ける。

「ドゥーガルドの高速艇《こうそくてい》に、上陸用の戦車が一台だけ搭載《とうさい》されているぞ」

「それだよ！　けど戦車ってどういうんだろう。砲台ついて重いタンクだと、馬の力では引けない気がする」

ガソリンも電気も原子力もないエコロジーな土地で、世界観を間違《まちが》えた発言だった。

「あれは軽くて小回りが利《き》くが、とにかく戦車としての内部が狭《せま》い。牽《ひ》くほうの労力が最小で済む分、乗る側の兵士は我慢《がまん》を強《し》いられることになる」

「なるほど、居住性が犠牲《ぎせい》になってるわけか」

車内に住むわけではないのだから、多少狭くても問題なし！

「燃費が良くて速いんだろ？　それ使おう。とにかく速いに越したことはないよ。この際、技巧《ぎこう》派より速球派だな。じゃああとは、車を牽く馬だよ、馬」

「実行委員会の指定は四馬力以内よ」

よし、四頭立てだな。ところが市場中を探してみても、馬を扱う商人は一人も居なかった。誰もが愛する人気動物だから、開催準備期間の初期でレンタル手続きが終了《しゅうりょう》してしまったらしい。馬だけではない、牛も、マッチョもだ。

「マッチョ⁉」

「ええと、牽引力《けんいんりょく》数値対照表によると……筋肉集団は十二人で四馬力ね。別に車を牽くのは馬じゃなくてもいいのよ。換算《かんさん》した数値が規定を超《こ》えていなければ」

「な、何でも⁉　てことは砂熊《すなくま》や地獄極楽《じごくごくらく》ゴアラでも？　うっかり見損《みそこ》ねたラバカップでもいいってのか」

「そんな珍獣《ちんじゅう》は飼い慣らせないわ」

　ではおれは、相当貴重なものを見物したことになるのか。こうなったらいっそ十二人のマッスルが車を牽いて、砂漠《さばく》を爆走《ばくそう》する姿も見たい。名付けて炎《ほのお》の人力車だ、さぞかし凄《すさ》まじいことだろう。肩《かた》を組んでビレッジ・ピープルの歌を口ずさむ。通過した後に残るのは、ほんのり甘酸《あまず》っぱい漢《おとこ》の汗《あせ》の香《かお》りだけ。

　サイズモアと並んで歩きながらモコ毛に指を突《つ》っ込まれていたTぞうが、なにやら低く唸《うな》り始めた。いい加減、反芻《はんすう》にも飽《あ》きたのだろうか。

「どうした、嫉妬《しっと》に狂《くる》った艦長《かんちょう》が毛でも抜こうとしたのか？」

「へ、いかー。自分はそんなこといたしません」

「ンモふーっ！」

　彼女は一瞬《いっしゅん》、身を屈《かが》め、跳躍《ちょうやく》の勢いで駆けだした。猛《もう》スピードで角を曲がり、すぐに見えなくなってしまう。大変だ。大慌《おおあわ》てで後を追うと、三百メートルほど離《はな》れた一角で、白っぽい物体が集団で蠢《うごめ》いていた。羊だ。数えているうちに眠《ねむ》ってしまいそうな数の羊だ。

　Tぞうは群れの中心に駆け込んで、羊仲間の大歓迎《だいかんげい》を受けていた。鼻を擦《こす》ったり毛玉同士ぶつかり合ったり、地面を転がり回ったりして喜びを表現している。

　脇には中学生くらいの女の子が、母親らしき女性と共に立っている。太く不格好な三つ編みが、振《ふ》り向く速度に遅《おく》れて揺《ゆ》れた。

「あっ、メリーちゃん！」

なんだよ村田、こっちの世界超《ちょう》久しぶりとか言っておきながら、ちゃっかり彼女候補まで作ってたんかよ、の冒頭《ぼうとう》「なん」まで言いかけてから気付いた。メリーちゃんの羊だ！

平原組の領地を通過するとき、三十頭程《ほど》の羊を連れていた。その内の一頭がTぞうだが、彼女だけは旅の仲間になってしまったのだ。残る二十九頭は、旅費の足しにと羊飼いに売った。おれはその場に立ち会わなかったが、村田によると女の子と取り引きしたらしい。どういう経緯《けいい》で大シマロンに渡《わた》ったのかは別として、この群れは元々Tぞうの仲間だ。大好きな反芻を中断して、突っ走ったのも頷《うなず》ける。

「ンモッンモッンモッンモッンモシカシテェェェ」

副詞的表現大連発。

心温まる光景を見守りながら、フリンがぼそっと呟《つぶや》いた。

「羊は、十六頭で四馬力よ」

……ん？　もしかしてェ⁉

7

アイコ十六歳、羊十六頭、そして江夏《えなつ》の二十一球。

最後のは野球小僧《こぞう》にとって非常に参考になる教材だが、前の二つはどうだろうか。特に羊十六頭は、慣れない者には手に追えない可能性が高い。

馬も牛もマッチョもレンタル済みで、他《ほか》に手頃《てごろ》な動物が残されていなかったため、おれたちカロリア選手団は、やむを得ず羊に車を牽かせることにした。この世界の羊は四頭で一馬力、四頭立ての馬車にスピードで対抗《たいこう》するには、十六頭まで繋《つな》いでいいことになっている。

我等がシープマスター・メリーちゃんは、温かくも厳しくおれたちを教育してくれた。だが期間は僅《わず》かに丸一日だし、生徒は家畜《かちく》などと触《ふ》れ合ったこともないような貴族の三男坊《ぼう》と、ラム肉のグリエ（グリル）大好き肉食ヨザック。それと、ウールマーク製品さえ滅多《めった》に着ないおれだ。そう簡単に彼等をコントロールできるはずもなく、訓練は朝から困難を極《きわ》めた。

非魔動簡易戦車……見たところ小型の馬車と大して変わらないが、素材だけは軽くて丈夫《じょうぶ》らしい……も大急ぎで運んできたのだが、肝心《かんじん》の牽引動物が命令どおりに動いてくれない。隊列を組んできちんと並ばなければ、ベルトの着用などとても無理だ。

「……駄目《だめ》だ、このもっさもっさした動き。見てるだけで眠くなってきた。それに車を牽く羊なんてとても想像できない。お手紙食べちゃうイメージしかないよ」

「渋谷、それは黒ヤギさんだ」

「なにいってんのサ、シッジは走るものと決まってるんサー、うん」

六三三制なら中学一年生くらいのメリーちゃんは、スパルタ教育学級の委員長風に、太いお下げを振り回した。一段高い岩を教壇《きょうだん》に、木の蔓《つる》で編んだ鞭《むち》をピシピシと鳴らす。きっと羊用、多分羊用、恐《おそ》らく家畜用だよね⁉

「走らないシッジはただのシッジサー、うん。草を喰《く》っちゃあ太って毛を刈《か》られるだけヨ」

「そうはいっても羊の価値は毛だと思うんだよねメリーちゃん。あ、男の価値は毛じゃないけどね。だいたいこの細い足が砂地を走るのに向いてないというか……うっ」

手近な灰色ちゃんの太股《ふともも》を揉《も》んでみた。ムッキリムキムキ。

「……き、筋肉質」

全身を覆《おお》うウール一〇〇％に隠《かく》されていたのは、見事なまでの筋肉体型だ。

「どーヨ」

「すみませんでした、委員長」

幼いながらも羊マスターは、腕《うで》を腰《こし》に当てて自慢《じまん》げだ。五頭ほどに取り囲まれたヴォルフラムは、金髪《きんぱつ》を食《は》まれて悲鳴をあげている。離れて見守っている母親が、大らかな笑顔《えがお》でフリンに謝っていた。

「すいませんねえ、昔ッからやんちゃな娘《むすめ》でしたんョ、ええ。特にあれはメリーが初めて自分で世話した子達なもんでしてネ、はい。説明にも力が入るんョ、はあ。この大会でいい順位にくい込めば、車牽《ひ》きのシツジとしての格も上がるんョ、ええ。そしたら肉にされることもなく、走るシツジとして競羊にも出られるんョ、ええ」

いや親御《おやご》さん、彼女はもうやんちゃの域を超えていると思うのだが。

ヨザックが蹴《け》られた。

「他人《ひと》の小道を邪魔《じゃま》する者はシツジに蹴られて砂の中ってくらいだからネ、うん。競争中は内側じゃなく、外側から追い越《こ》せって教訓サ、うん」

「難しい……難しすぎるぞシープレース」

「大丈夫《だいじょうぶ》よきっと！　終着点のランベールまでは四十万馬脚《ばきゃく》あるわ。それまでにこつが摑《つか》めるわよ」

「馬脚って……」

それまでに伝説のゴボウ抜《ぬ》かれをしていたら、ゴール近くで免許皆伝《めんきょかいでん》しても遅《おそ》い。なんとか今日一日で基本を学び、最低限の羊操縦術を身につけなければ。

おれは焦《あせ》り始めていた。明日はもう本番だというのに、一晩寝《ね》ても体調不良は治らないし、出走準備もままならない。おまけにここは家畜の臭《にお》いよりも、灯油臭《くさ》さのほうが鼻につく。

「くそっ、頭痛《いて》ェなっ」

「渋谷、歌ってみるのはどうかなあ。映画で豚《ぶた》がやってたろ。羊を操《あやつ》る呪文《じゅもん》だよ。ラムチョップラムチョップ、ラームラムラムラムチョップ、マトントントン、とか」

「げひょーん！」

「わーヴォルフが蹴られたーっ！　村田、歌が、歌が違《ちが》ーう！」

「うーん思いだせない。どんなんだっけ、豚の。デイブ？」

「大久ぼ……やめてくれ、スペクターのがずっと好きだ。デイブじゃねーよデーブじゃ」

「ベーブ？」

ルース。人名ゲームじゃないんだから。

動物に関して大賢者の知恵《ちえ》を借りるのはよそう。所詮《しょせん》あいつはマンション住まいだ、アンゴラモルモットと電子ペットしか飼っていない。駄犬《だけん》二匹《ひき》を狼《おおかみ》の子孫と考えるならば、猛獣《もうじゅう》使いとしてはおれのほうに一日《いちじつ》の長《ちょう》がある。

「ソモっ」

おれの傍《かたわ》らで成り行きを見守っていたTぞうが、おもむろに四肢《しし》を踏《ふ》ん張った。鼻の上の和《に》毛《こ》《げ》を逆立てて、天に向かって雄叫《おたけ》びをあげる。

「ソモシモーっソモシモーっ……ソモシモーっシカーメーェェヨォォー」

Tぞうは新曲を覚えた！　レパートリーがひとつ増えた。

「世界のうちで……えぇーっ⁉」

十五頭の羊が足並みを揃《そろ》え、黙々《もくもく》と横に移動していた。高速艇《こうそくてい》から運び出したばかりの、非魔動《まどう》簡易戦車「軽くて夢みたーい」号の前に、一糸乱れぬ隊列を作る。

「お、驚《おどろ》いた。なんだこりゃ。Tぞう、お前って本当は何羊？　メリノ？」

薄茶《うすちゃ》の顔の中央に白抜きされたTゾーン。偶蹄目《ぐうていもく》はいつでも笑っているように見える。メリーちゃんが岩から飛び降りて、先頭に立つチームリーダーを撫《な》で繰《く》りまわした。

「すごい！　おまいすごいョ、ああ！　おまいったら伝説のシツジの女王なんだネ⁉　うん！」

クイーン・オブ・ザ・シープは、えっへんとばかりに鼻を鳴らした。

「信じられないョ、シツジの女王がホントにいるなんてサ！　物語の中だけの奇跡《きせき》かと思ってたョ、うん！」

物語でも知らないよ。口には出せずに胸の内ツッコミ。

レジェンド・オブ・ヒツジに巡《めぐ》り会えた興奮に、メリーちゃんは感きわまっていた。

「おまいがいれば絶対に優勝だョー、うん！　シツジが馬なんかに負けるわきゃないさネ、うん。もう大丈夫だョあんたたち、走行訓練はここまで。あとは何もかもこの子に任せりゃ安心だョー、うん」

「やったー」

微妙《びみよう》な意味合いの修了《しゆうりよう》宣言に、歓喜《かんき》の声にも力がはいらない。複雑な気分だ。餅《もち》は餅屋というけれど、何もかも羊任せでいいのだろうか。ムツゴロウよろしくTぞうを褒《ほ》めてから、シープマスターはすっくと立ち上がった。

「さ、次は縦列駐車《ちゆうしや》だョ。競争中は道も混《こ》み合うかんネー、うん」

「えっ⁉」

十六頭の羊で縦列駐車。考えるだけでも恐ろしい。

よい子のみんな、テレビを見るときは、部屋を明るくして画面から離《はな》れて見てね。それから羊は一日一時間。家畜との度を超《こ》した接触《せつしよく》は、まれに筋肉痛等を起こすことがあります。

「うう……戯《たわむ》れすぎた……」

翌朝早くに目を覚ますと、手足は凝《こ》り固まっていた。日々の腹筋、スクワットで、運動不足ではなかったつもりなのに、身体が強《こわ》ばって起きあがれない。羊車でレースをするには、野球では使わない筋肉が重要らしい。

微妙な中腰《ちゆうごし》で朝飯を摂《と》るおれを、村田は筆記競技の代表者に指名した。三人のうち一人がエントリーするのだ。

「はあ⁉　だっておれ現国の成績最悪だし、この国の過剰装飾《かじようそうしよく》文字じゃ、ろくに問題文も読めないんだぜ⁉」

「時間をかければ読めるだろ」

「それでも！　書くのもすんげえ苦手だぞ。ナメクジの這《は》い跡《あと》みたいになっちまうんだって。ヴォルフのほうが字もずっと綺麗《きれい》だし、それにもし出題がシマロン文学だったら、十二まで住んでたヨザックのが適任だろう」

「フォンビーレフェルト卿《きよう》は神経質そうな一面があるからね。確かに綺麗な字を書きそうだ。でも渋谷、カロリア代表でエントリーしてる人が、高等魔族文字とか使ってたらどうよ？　いくら二人までは国籍《こくせき》を問わないとはいえ、採点者の心証悪くないか？」

「あー、そーれーは」

ヴォルフラムの黄金色の後頭部を見た。美少年にありがちな低血圧で、さっきからテーブルに突《つ》っ伏《ぷ》したままだ。

「な？　きみの個性的な筆跡《ひつせき》なら、良くいえば無国籍で通るだろ」

悪くいえば、ドヘタだ。

「じゃあヨザ……」

「陛下、非常に申し上げづらいんですが、オレはこの国にいる間、教育というもんを一切《いつさい》受けさせてもらえませんでした。従ってオレの知識は眞魔《しんま》国の兵学校のもので、最近読んだ本は毒女アニシナです。大人なのに怖くて便所に行けなくなっちゃったけど」

ね？　と得意げな友人に促《うなが》されて、おれは知・速・技・総合競技、勝ち抜き！　天下一武闘《ぶとう》会《かい》の知力部門会場へ向かった。関係者以外立ち入り禁止の直前までついてきて、受験生の親みたいに見送ってくれる。

決勝である「技」つまり武闘会のことを考えれば、筆記試験といえども単なる秀才《しゅうさい》くんを送り込むわけにはいかない。もちろん文武両道も多数含《ふく》まれるのだろうが、筋肉率は割と高かった。雰囲気《ふんいき》としては体育大学の入試とか、運動部の部長会議という感じだ。

着席者を目で追ってみたところ、ざっと五十人弱はいた。これが出場チーム総数なら、勝ち抜くのは甲子園《こうしえん》なみに難しそう。フリンは今回がチャンスだなんて言っていたが、一攫千金《いっかくせんきん》主義者は予想外に多い様子。

「おーい！　おーいちょっと聞いとけー！」

振《ふ》り返ると入り口のすぐ前で、村田が口に両手を当てて叫《さけ》んでいた。

「いいかーぁ⁉　どんなことがあってもー、自分の国の文化や教育に誇《ほこ》りを持てー！　いっかーぁ、誇りを忘れんなよーっ⁉」

「はいはい」

村田の声は会場中に響《ひび》き渡《わた》った。その場にいた全員が決意も新たに頷《うなず》いている。そういう役に立ちそうなアドバイスを、手メガホンで強調するのはやめてくれ。できれば二人きりのときに、こそっと囁《ささや》いて欲しいもんだ。

　適当な場所に席を取ると、男が一人、音もなく机の脇《わき》に立った。腕組《うでぐ》みをした黄色と白の軍服と、ふわりと長い柔《やわ》らかな髪《かみ》。シマロン軍人だ。驚いて周囲を見回すと、どの席にももれなくお一人ずつ付いてきている。カンニング防止の試験官にしても、マンツーマンとは手厳しい。

　予定の時刻を過ぎてすぐに、質の悪い用紙が配られた。上の方に一行だけ、短い文章が印刷されている。案の定、すぐには読めなかった。

　おれはそっと目を閉じて、指先で問題文を辿《たど》ってみた。印刷技術が未熟なお陰《かげ》で、文字が微《かす》かに盛り上がっている。よかった、どうやら解読できそうだ。超能力《ちょうのうりょく》または特技禁止というルールはなかったから、不正行為《こうい》には当たらないだろう。

『我等が偉大《いだい》なるシマロン王国の歴史について、以下の解答欄《らん》に文章で記せ』

「……ヒストリーィ？」

　英語で言っても意味は同じ。読めたはいいが途方《とほう》に暮れてしまう。

　世界史で赤点とったとか、そういうレベルの問題じゃなかった。シマロンの歴史なんか知っているわけがない。ていうか、知るか！　自国……この際、日本も眞魔国も両方だ……の歴史だってあやふやなのに、余所《よそ》の国の謂《い》われなんか学んでいるものか。自慢《じまん》じゃないが大統領の名前さえ知らないぞ。えーと、大統領制ではないんだっけ？

　眼球だけを動かして盗《ぬす》み見ると、周囲の連中は猛然《もうぜん》とペンを動かしている。畜生《ちくしょう》、山を張ってやがったな。お前等みんな口では「全然勉強してこなかったー」とか言いながら、実はがっちり家庭学習するタイプだろ。ああ果てしない孤独感《こどくかん》。無限に広がる大宇宙で、シマロン史に疎《うと》いのはおれだけなのか。

「……宇宙、それは人類に残された最後のフロンティア……」

一国の歴史の説明としては、些《いささ》かスケールが大きすぎる導入部。

村田の助言はどうだったろう。自分の国の文化や歴史に自信を持て、だ。役に立たない、クソの、訂正《ていせい》、排泄物《はいせつぶつ》の役にも立たない。

おれが習った歴史の表舞台《おもてぶたい》には、シマロンは姿を現していないようだ。当然だろう、地球のどの大陸にも、それとおぼしき国家はない。もっともらしい説をでっち上げて、少しでも一致《いっち》しているのを祈《いの》ってみようか。大陸全土を征服《せいふく》したのなら、ナポレオンをモデルに固有名詞だけ入れ替《か》えるのはどうだろう。もしくはアレキサンダー大王とか……。

「駄目《だめ》だ……スタローンに似てる顔しか思い出せない……」

おれのバカ野郎《やろう》。

もうこうなったら最後の手段だ。策に窮《きゅう》した多くの大学生が、これまで何百回と通じてきた道。兄貴曰く、答えが頭の中になかったら、せめてこれだけでも書いておけ。

「おいしいカレーの作り方……と。まず玉葱《たまねぎ》は小指の幅《はば》に櫛《くし》切りにし……油を引いたフライパンで飴色《あめいろ》になるまでじっくりと炒《いた》めます……」

嘘《うそ》か本当か兄貴の大学では、これで単位を取得した学生もいるらしい。ただし教授がニンジン嫌《ぎら》いだと、レシピに入っているだけで読んでもらえない。宗教学の試験の場合には、使う肉の種類に要注意だ。

広大な解答欄をどうにか埋《う》めようと、知識の限りを書き尽《つ》くした。ガラムマサラやらナツメグやらターメリックやら、ナンやらチャパティやら福神漬《ふくじんづ》けやら。隠《かく》し味のチョコレートやインスタントコーヒー。インドカレーと欧風《おうふう》カレーの違《ちが》いと美味《おい》しさ。二日目のまろやかさの科学的理論から、ジャガイモを入れた場合の温め方、残ったルーの活用法と保存法、犬には絶対に食べさせちゃいかん理由まで。十六年間の食生活で培《つちか》ったありとあらゆるカレー豆知識を、ここぞとばかりに披露《ひろう》した。

解答用紙が真っ黒に埋まったときには、ペンを握《にぎ》る右手にじっとりと汗《あせ》をかいていた。凝視《ぎょうし》しすぎて両方の目が痛い。馬鹿《ばか》馬鹿しいほどの達成感。

「ふー」

鼻息も荒《あら》い。責任者らしきシマロン兵が鐘《かね》を鳴らすと、脇に立つ試験官が解答用紙を取り上げた。採点役も兼《か》ねているのか、そのままざっと目を通す。おれの答えを読んでいる男は、複雑な声で唸《うな》っている。

「……むー……ふー……うー……これはー……文字も独特であるなー」

「おいしいよ?」

小声で言ってみた。

「我が国の解放と統合の歴史、また異文化の流入と混合化によって、より高度な文明が築かれる様子を、名物料理に喩《たと》えて記したというのか……」

予想もしなかった好意的な解釈《かいしゃく》。そんなご大層なものではありませんが、是非《ぜひ》一度ご家庭でお試《ため》しください。

「うむ、見事だ！　待機時間無しで出発するがいい」

「まじスか⁉　まじこれ合格スか⁉」

「まじである！」

椅子《いす》を蹴《け》って席から立ち上がり、上着を摑《つか》んで駆《か》けだした。不思議なことに場を離《はな》れるのは数人で、大半は苛《いら》ついた顔で座ったままだ。

「なんでだろ」

「あやつらは偉大なるシマロン王国の歴史を羨《うらや》み、愚《おろ》かにも穿《うが》った見方をしたのだ。自地域の正義ばかりを妄信《もうしん》的に訴《うった》え、我等の与《あた》えた恩恵《おんけい》への感謝や畏敬《いけい》がまったくといっていいほど記されていない」

「ははあ、なるほどね」

ご機嫌《きげん》をうかがい損《そこ》ねたんだな。しかし彼等の気持ちも充分《じゆうぶん》理解できる。征服され占領《せんりよう》されている相手を褒《ほ》めろといわれても、急にはできるもんじゃない。大切なレースの前なのだから、事前に心構えはできていたろうが、鬱積《うつせき》された恨《うら》みつらみは、ちょっとした切っ掛《か》けで噴出《ふんしゅつ》するものだ。たとえば些細《ささい》な一言で……。

「あっ」

村田の台詞《せりふ》がゆっくりと再生された。

自分の国の文化や歴史に誇りを持て。続けてもう一回。じぃぅぃーぶぅーうんのぉおうくぅうにぃいーのぉおぅう……エコー付き。

あの人達が熱くなり、シマロン批判を展開しちゃったのは、まさかとは思うが村田のせい？

「いやそんな、まさかまさか」

そもそもこの世界の歴史を殆《ほとん》ど知らないおれに対して、誇《ほこ》りを持てというアドバイス自体、意味がないし……まさかあれは、おれへの助言ではなく、他《ほか》の連中を熱くするため？

「い、いやそんなそんな、まさかまっさかさま」

とにかく自分は運がいい。殆ど事情を知らないお陰で、出題者の気に入る解答が書けたのだ。決して後味のいい作戦ではないが、郷《ごう》に入っては郷に従え。カレーのレシピは暗記しとけ。

曇天《どんてん》の外に駆け出すと、辺りは縦列駐車中の競技車でいっぱいだった。各チーム様々な牽《けん》引役《いん》が繋《つな》がれている。馬、牛、犬、猪《いのしし》、マッチョメン。

「おーい」

おれは防寒具を振《ふ》り回し、癒《いや》し系動物の群れに走った。

「凄《すげ》ぇぞ、おれ。おれスゴーイ……何してんのフリン」

カロリアの気丈《きじょう》な女領主は、銀の髪《かみ》をきっちりと結《ゆ》い上げて、地味なキャップで覆《おお》っていた。幼きシープマスター、メリーちゃんを従えて、手には巨大《きょだい》な糸切り鋏《ばさみ》を握っている。裁縫箱《さいほうばこ》の住民の中で、最も危険な香《かお》りのするブッだ。

「待て早まるな、とりあえず話し合おう」

「Tぞうの毛を刈《か》ろうとしていたのよ。古くから平原組に伝わる勝負化粧《けしょう》なの。ほら、顔も」

鼻を摑まれてこちらを向いた顔には、くっきりと眉《まゆ》が描《か》かれていた。眉毛犬ならぬ眉毛羊だ。そのオヤジ臭《くさ》くなった風貌《ふうぼう》に、思わず脱力《だつりょく》してしまう。

「毛も刈ろうっての？　確かに羊はウールとってなんぼだけど。よせよー、こんな寒空に、プードルみたいになっちゃったら悲しすぎる」

おれは豊かな羊毛を搔《か》き分けてみた。

「なあTぞ……うっ」

薄桃色《うすももいろ》の温かい肌《はだ》に、浮《う》かび上がる不吉《ふきつ》な三つの数字。

666。

「やっぱ刈るのなし！　なしなしなし！」

「えぇー？　とても縁起《えんぎ》がいいのよー？」

「ありのままの羊でいいんだよ。じゃあフリン、ランベールまでひとっ走り行って来るわ。女子は観戦もできなくて気の毒だけど、ドゥーガルドの船なら安心だからそっちで待ってろ」

「ええ」

足を引っ掛けて戦車によじ登る。フリンは軽く首を曲げ、こちらに向かって手を伸《の》ばした。

「うまいことノーマン・ギルビット演《や》ってくるからな。そしたら旦那《だんな》の名声も上がる。カロリアの地位も少しは向上するだろ」

「……どうしてそこまでしてくれるの」

互《たが》いの冷たい指先が触《ふ》れそうになり、ほんの数ミリですれ違う。

国のことを語るときとは打って変わり、自信のなさそうな細い声になる。自信がないのはおれも同じだ。その質問にはうまく答えられそうにない。

「さあ……なんでだろう」

なんでだなんでだろう。

「おい！」

制服の胸がはち切れそうな係員が、言い掛かりをつける気満々で寄ってきた。背まで伸びた巻き毛だけは可愛《かわい》いらしい。

「ヨザック、御者台《ぎょしゃだい》に」

「おいそこのシッジ車、ちょっと待て！　どう見ても重量に難があるぞ、錘《おもり》を積まなければ平等違反《いはん》だ」

名前からして「軽くて夢みたーい」号だから、他の競技車よりは相当軽いだろう。でも規定に車体の重量制限は設けていなかったし、乗組員の総体重も申告させられなかったのだ。

この場をどうやって切り抜《ぬ》けようかと、手綱《たづな》を握ったまま低く呻る。その間にも数台の競技車が、次々とスタートを切ってゆく。脇《わき》を通り過ぎた馬車の中に、マキシーンと美少女双子《ふたご》の姿があった。気ばかりが急《せ》いていい案が浮かばない。

「じゃあ何かハンディになる荷物を積むから……ぎゃあ」

「村田⁉」

振り返ると、係員兼《けん》兵士が、友人を毛布で簀《す》巻《ま》きにして荷台に放《ほう》り込んでいた。自分の行為《こうい》がツボにはまったのか、腹を抱《かか》えて豪快《ごうかい》に笑っている。衝撃《しょうげき》と下品な声に驚《おどろ》いて、羊が一斉《いっせい》に駆けだした。

「うぉおっ⁉　こいつらどこっ、どっち行くつもりだッ⁉　そっちじゃない、右曲がりじゃなくて真《ま》っ直《す》ぐ走れよっ⁉」

「言い忘れてたヨ、うん。シッジはちょっと方向音痴《おんち》だかんネー、うん！　うまいこと御者役《ぎょしゃ》が操《あやつ》ってやってヨ、ねえ」

羊が激しく方向音痴⁉　そんな特筆事項《じこう》は契約《けいやく》時に教えてくれよ！

「仕方ないよ渋谷、仔羊《こひつじ》は迷えるものと相場が決まってるんだ。二千年以上前から聖書にも書いてあるぞ」

「おれ仏教徒だから知らねえもーん！」

渾身《こんしん》の力で手綱を引っ張ると、気付いたTぞうが一瞬《いっしゅん》だけ振り返った。

「ソモシカシテ（方向間違《まちが》ってる）？」

親分が角度を修正すると、たちまち正しいコースに戻《もど》った。良かった、さすが伝説の羊、羊の中の羊、クイーン・オブ・羊、背中に666を持つ羊。

おれの賛辞に村田が水を差す。

「はあ？　けどそれ999かもしれないんじゃないの？　銀河鉄道シッジーナイン」

777ならコインもしくは糞《ふん》が、ザックザク。

8

次の砂漠《さばく》をはるばると、旅の羊が行きました。

誰《だれ》も起こさないような低い声で、おれはくだらない替《か》え歌を唄《うた》っていた。月は蒼《あお》く、とても高い。満月まではあと四日くらいか。

決勝地である大シマロン王都ランベールへの道程《みちのり》は、実際には砂漠ではなかった。黄色く固い土が剝《む》きだした、草の少ない荒《あ》れた土地だ。轍《わだち》の残る馬車用の路《みち》はあるが、石や溝《みぞ》、場所によっては植物が邪魔《じゃま》をして、安心して走れる環境《かんきょう》ではない。一瞬の油断が脱輪《だつりん》や事故につながる。Tぞう率《ひき》いるチーム・シッジは大健闘《だいけんとう》だったが、羊の苦労もさることながら、乗ってるほうも緊張《きんちょう》の連続だ。

強行軍の疲《つか》れがピークに達したか、村田は簀巻きにされたまま「軽くて夢みたーい」号の荷台に転がっていた。規則的な寝息《ねいき》が聞こえてくる、どうやら温かくて快適らしい。最初の見張りをすると志願したヴォルフラムは、おれの肩《かた》に凭《もた》れてぐぐぴぐぐぴ言っている。炎《ほのお》に照らされた金髪《きんぱつ》が、赤がね色に輝《かがや》いていた。

羊たちは短い睡眠《すいみん》のために、四、五頭ずつ固まってうずくまっていた。

おれは薪《まき》を一本手にしたまま、踊《おど》る炎をぼんやりと眺《なが》めている。荒れ地の夜は昼以上に乾《かわ》いて寒い。皆《みな》の吐《は》く息も白かった。相変わらず頭は重いままだが、吐き気は少し治まっている。携帯食糧《けいたいしょくりょう》のみの夕食も、必要最低限はきちんと摂《と》れていた。

「どうやら周囲にご同輩《どうはい》はいないみたいですね」

火の傍《そば》を離《はな》れていたヨザックが戻ってきて、斜《なな》め向かいに腰《こし》を下ろした。ほんの三十分くらい前に、見張りの交替《こうたい》をしたばかりだ。彼はベテランの兵士なので、単独で周囲の状況《じょうきょう》を監視《かんし》できる。未熟者はもう休んでもいいはずだ。

「眠《ねむ》れませんか」

「うん、まあ色々、この先のこととか考えちゃってね。それにしてもまさか羊が方向音痴だとは思わないよなあ。今はあんな幸せそうな顔で寝てるけど」

「坊《ぼっ》ちゃんたちは城育ちですからね、荒野《こうや》で野宿は辛《つら》いでしょう」

適当に撫《な》でつけられたオレンジ色の髪が、炎のせいで真っ赤に見える。

「おれと村田は温室育ちじゃないよ。ヴォルフラムは王子様だから、召使《めしつか》いいっぱいのお城で過ごしたのかもしれないけど」

「けどまあ、閣下も一応は軍人階級ですからね、後方支援《しえん》の任が多かったとはいえ、野営の経験はそれなりにおありでしょう。それよりも、心配なのは陛下と猊下《げいか》ですよ。お二人に万一のことでもあったら、オレ、火炙《ひあぶ》りどころか八つ裂《ざ》きにされちゃうー」

ヨザックは両手を顔の脇に上げた。茶化した口調と動作だが、瞳《ひとみ》には笑い飛ばせないものがある。

「この荒れ野にはモモミミドクウサギも出るんですよ。桃色《ももいろ》で可愛いーなんてうっかり手をだしたら、大きなお口でガッツリです」

「が、がっつり……」

いよいよシマロンクエストめいてきた。ピンクの大きな耳と口は「いっぱい聞けていっぱい食べれる」ためだそうだ。どうでもいいけど「ら」を抜くなよ。

「一度に二人も護衛する羽目になるなんて、オレってなんて運が悪いんだろう。無事に御帰還《ごきかん》された暁《あかつき》には、働き者のグリエ・ヨザックとして、特別賞与《しょうよ》をご検討くださいね」

「ゴケントウします」

もちろん、サイズモア艦長《かんちょう》とダカスコス、それにいくらかのドゥーガルド兵士が、同時にランベールに向かってはいる。とはいえレース中の接触《せっしょく》は、補給に関する重大な違反だ。彼等はこちらの位置を推測しながら、ずっと離れた脇道を併走《へいそう》するしかない。はっきりいって勘《かん》だけが頼《たよ》りだ。

「しかもドゥーガルドの一族ときたら、海の上では無敵でも陸にあがりゃあてんで素人《しろうと》ときたもんだ。サイズモアはまだ野戦でも使えるものの……まったくねえ、小動物好き閣下ったら、なんであんな連中まで陛下捜索《そうさく》に出したんだろ。オレってそんなに信頼《しんらい》ないですかねえ」

「小動物好き？　グウェンのことか」

「そうですよ。カロリアで陛下と接触してから、それとなく鳩《はと》は飛ばしてたんですよ。これがオレでなくてうちの隊長だったら、編み物閣下も信用したんだろうにねぇ。まあ、今となっちゃ護衛は一人でも多い方がいいですけど。なんせ陛下と猊下と坊ちゃんだもんなぁ」

「悪かったね、三人組で」

「まったくねぇ」

グリエ・ヨザックは初対面のときからあまり変わらない。形式上は王様と部下という立場なのに、けっこう平気で軽口を叩《たた》く。語尾《ごび》までしっかりチェックすると、敬語どころか失礼な物言いも混ざっている。それでも彼は信頼に値《あたい》する男だし、彼のほうも今ではおれを認めていると思う。勝手に思っているだけだけど。何よりヨザックはコンラッドの幼馴染《おさななじ》みで、ウェラー卿《きょう》のお墨《すみ》付きだ。

これ以上確かな身分証明はない。

「その上アナタ、今度は異国の代表のふりして、仇国《きゅうこく》の競技会に出場ですってさ。信じらんない。誰か助けてー、羊突猛進《ようとつもうしん》な陛下を止めてぇー」

でたよ、眞魔《しんま》国のご当地諺《ことわざ》。本来なら猪《いのしし》が入るところだ。

ヨザックは枯《か》れ枝で火を掻《か》き回し、二つに折って放り込んだ。緋《ひ》に染まる口元が楽しげに上がる。

「……ま、どんな奇行《きこう》に走ろうとも、従うことに決めましたがね」

「コンラッドにそうしろって言われてんの？」

「うちの隊長……ウェラー卿に？　いやいや、いーやいや。そんなこと誰かに指示されなくたって、魔族《まぞく》の大半がそうでしょう」

「うちの隊長って」

温かいものが欲しくなって、薬缶《やかん》からカップに湯を注いだ。そのまま飲もうとしていると、見かねたヨザックが食糧袋から茶葉を探しだしてくれる。

「あんたよく言うよな、うちの隊長って……ありがとう、自分でやるからさ。あれコンラッドのこと？　隊長ってのは」

「まあそうです。今でこそ穏《おだ》やかな人格者で、人畜無害《じんちくむがい》になっちゃってますけどね。昔はあれで泣く子も黙《だま》る恐怖《きょうふ》の男だったわけですよ」

「ルッテンベルクの獅子《しし》とかいう？」

ヨザックは、おや、という顔をして、おれからカップを取り上げた。

「よくご存知で。そう、若きルッテンベルクの獅子。彼の親父《おやじ》さんがそこに居を構えていましたからね。というか眞魔国西端《せいたん》の直轄地《ちょっかつち》に、人間が多く住む地域があったんです。そこの名前。そもそもそこで生活する住民というのは……こんな話しちゃっていいのかしら、おねーさん後になって怒《おこ》られるのやだわぁ」

急にオネエさま口調になって、ヨザックは誤魔化《ごまか》そうとした。今ならまだ止められるという合図だ。聞かなかったことにできるギリギリのライン。

「できたら知っておきたいね。もしお咎《とが》めがあるようなら、ヴォルフから聞いたってことにするから」

「なんという細かいお気遣《きづか》い。でもオレがばらしたと言っちまっても構いません。この場にないウェラー卿が悪い」

紅茶の入ったカップをおれに渡《わた》しながら、オレンジの髪《かみ》の男は広がる闇《やみ》を見渡した。

「……ちょうどこの辺りですかね。いやもう少し西かもしれない。何十年も前、ここには人が住んでいたんです。住んでいたというよりも、収容されていたと言った方が早いかもしれない。柵《さく》で四方を囲まれてね、敷地《しきち》から出ないように見張りも立ってましたよ」

「収容？　なんだ、なんかの施設《しせつ》だったの？」

「まあ、施設といえば施設。けどあくまで名目は『村』です。住人は皆、魔族と契《ちぎ》った人間やその結果生まれた混血の子供だった。シマロンと……当時はまだ大小に分かれてなかったし、この場所は占領地《せんりょうち》でもなかったけど。眞魔国とシマロン本国の関係が不穏《ふおん》になってきた頃《ころ》に、大陸全土から魔族と関《かか》わりのある者達を狩《か》って、この荒れ野に村を作らせたんです。本当に何もないところでね、しかも女ばかりやたらと多くて。オレの母親は人間で、魔族の男としばらく一緒《いっしょ》だったけど、そいつがどっかへ行っちまったら、即座《そくざ》に人間の男と所帯を持ちました。

魔族との間に子供が居るなんておくびにもださなかった。オレはシマロンの教会だか寺だかに預けられたんですが、なにしろ普通《ふつう》より発達が遅《おそ》い。人間の子供が十歳の頃に、オレはまだ五歳くらいの体つきでしたからね……ご心配なく陛下。二年間で急激に成長して、追いつくどころか今ではすっかり巨乳《きよにゆう》ですから。でもとにかく、魔族の混血ってことはあからさまだったわけですよ。で、村に連れてこられたんですが」

ヨザックが自分の紅茶を地面に置き、炎《ほのお》に照らされた顔を上げた。

「猊下、お休みだったのでは」

「僕だけ見張りしないのも不公平かと思ってさ」

簀巻《すま》き用の厚い毛布を巻き付けたままで、村田がおれの右側に座った。寝惚《ねぼ》けたヴォルフラムが体勢を変えて、頭をいっそう押しつけてくる。いいよ、お前は寝てな。

「隔離《かくり》施設のことを話してたのか？」

「つまらない話です」

「いや聞きたいね。僕の魂《たましい》の所有者達は、長いことこの世界にいなかったから。渋谷、第二次世界大戦中は、アメリカにもよく似たケースがあったんだよ。知ってると思うけど、日系人だけを集めてね、劣悪《れつあく》な環境《かんきよう》に収容したんだ。日系人の安全を確保するためとか理由をつけてたけど、有り体《てい》に言えば、いつ裏切るか判《わか》らないからってことだろう」

第二次世界大戦の差別といえば、一番有名で最悪のものしか知らない。

ヨザックは村田の分も飲物を作ろうと、新しい茶葉をポットに入れた。超《ちょう》軽量簡易戦車にティーセット搭載《とうさい》だなんて、なんだか優雅《ゆうが》な国民性だ。

「一日一杯《いっぱい》の嗜《し》好品《こうひん》さえ口にできないような生活でね。水と麦があれば上等だった。あの頃の日々に比べると、軍隊なんて天国みたいなもんですよ。オレはその村で十二まで育ちました。十三になろうかという夏の夜に、何人かの人間が闇に紛《まぎ》れてやってきて、オレたち全員を解放した。月を背にした馬上の黒い影《かげ》を、今でも忘れない。残りたい者は残るがいい、だが自分の中のもうひとつの血に生きると決めた者は、我々と一緒に海を越《こ》えるがいいってね……それがダンヒーリー・ウェラーだった。一人ではまだ旅もできないような、十かそこらの幼い息子《むすこ》を連れていました」

「なるほど、彼がウェラー卿か」

「そうです。まさか女王様のご子息とは思いもよらなかったけど。ダンヒーリー・ウェラーはオレたちを迅速《じんそく》に船に乗せ、眞魔国に連れ帰り、自分に与《あた》えられたささやかな土地に住まわせた。聞いたところでは彼は畏《おそ》れ多くも魔族の王様と恋仲《こいなか》になって、直轄地の一部を与えられたらしい。そこがルッテンベルクだった。考えてみりゃあ凄《すご》い話だ。左腕《ひだりうで》に追放者の刺青《いれずみ》のある男が、流れ着いた先で女王様と結ばれちまうなんてね」

「追放者!?」

寄り掛《か》かっていたヴォルフラムが、おれの声に反応して目覚めかけた。しかし睡魔《すいま》には勝てなかったのか、すぐに瞼《まぶた》を閉じてしまう。

「おっと……コンラッドの親父さんて追放されたの？　つまり、えらい凶悪《きょうあく》な犯罪をやらかしちゃった人なのか？」

「さあ。オレも詳《くわ》しくは聞いてません。剣《けん》の腕では名高い血統だったようですがね。とにかく、眞魔国はシマロンとは大分違《ちが》った。オレたちは拘束《こうそく》もされなかったし、ある程度の移動も自由だった。この荒《あ》れ野と違って肥沃《ひよく》な土地だったから、田畑を耕して住み着く者や、シマロンでの経験を生かして職人になる者もいた。望めば他《ほか》の地方に赴《おもむ》いて、それなりの仕事に就《つ》くこともできた。年長者の中には兵士になった者もいるし、新しい家族を持った女もいましたよ。それもこれもみーんなツェリ様の、自由恋愛《れんあい》主義のお陰《かげ》ですけどねぇ」

ビバ、自由恋愛主義！　その素晴《すば》らしい愛の結晶《けっしょう》が、聞き取れないような寝言を発した。

「ウェラー卿……っと、卿と呼べるのはコンラッドだけですよ。人間の血を引いているとはいえ、母親は当代の魔王ですからね。息子に貴族の地位を与えるのは当然でしょう。もっとも、この時点では下級扱《あつか》いで、上級貴族でさえなかった。母方の姓《せい》を名乗りさえすれば、十貴族の一員にもなれただろうに。そーいうとこあいつの頭の中は不可解なんだよなー。オレなら迷わずシュピッツヴェーグを名乗りますけどね。とにかくウェラー卿とオレは年齢《ねんれい》も近かったので、だいたい同じ時期に成人の儀《ぎ》を受け、王都に出て軍に入隊しました。ま、こっちは下から順番に行けばいいわけで、軍曹《ぐんそう》がうるせえわ訓練は厳しいわ程度の気楽なもんでしたが、あっちは兵学校とか士官教育とか、貴族の子弟《してい》に囲まれて色々あったみたいです」

「現代日本じゃあんまり想像つかない世界だな……確かに一部のなんちゃってセレブはいるみたいだけど」

村田が軽く目を伏《ふ》せて呻《うめ》いた。遠い記憶《きおく》のどこだかに、階級社会の思い出があるのだろう。

「まあそれで、紆余《うよ》曲折はありましたが同じ部隊に配属され……もちろんそこは一兵卒と士官候補ですから、オレがウェラー卿《きょう》の部下なわけですが。その先はうまい具合に腐《くさ》れ縁《えん》で、同じ鍋《なべ》の汁《しる》を啜《すす》った仲間というわけです」

日本語では「同じ釜《かま》の飯を食う」だ。

「なるほどねえ、それがルッテンベルク師団ってわけ……」

「いえ陛下、それは違います！」

感心するおれを遮《さえぎ》るように、ヨザックは強く否定した。彼のこんな真剣な調子は珍しい。だが、もう一度繰《く》り返した言葉には、他の感情も複雑に絡《から》み合っている。

「それは断じて違います」

「話しにくそうだね」

「……はあ、確かに。ある意味、国家の恥《はじ》ですからね」

ここんとこずっと地球で転生していたという、オカルト雑誌の文通希望欄《らん》みたいな大賢者様は、情報収集に余念がない。聞かせて病が発動しているようだ。無言の催促《さいそく》に抗《こう》しきれず、ヨザックは小さく溜《た》め息をついた。

「二十年程《ほど》前に停戦するまで、魔族が戦時下にあったことはご存知ですよね。教育ギュギュギュ係か元殿下《でんか》に聞いたでしょ？」

「ギュギュギュって……ギュンターのことかぁ。うん、それは聞いてるよ」

「では敗戦の危機だったことは？」

「負けそうだった、ってことか」

考えもしなかった。

この世界に初めて飛ばされたときから、おれはずっと戦争反対と叫《さけ》んできた。戦争放棄《ほうき》、平和主義、理想的なことばかり主張してきた。でもそれは、自分が体験して、辛《つら》さを知ってのことじゃない。残酷《ざんこく》さ、無情さ、悲惨《ひさん》さ、そういうあらゆる悪の一面を身を以《もっ》て知っているわけではない。単に授業や教科書で、戦争は悪であると教育されただけだ。

親や教師や新聞や、テレビや映画、本、ビデオ、有名人のコメント、祖父母からの話、歩いていて気付かず通り過ぎる石碑《せきひ》、博物館と資料館、絵画、写真。身の回りにある様々なものから、人は戦い殺し合うべきではないと、教えられてきただけだ。

それは正しいと思ってる。もちろん、自信がある。

でもおれ自身は十六年の人生で、戦場に立ったこともなければ、誰《だれ》かの命を奪《うば》ったこともない。勝者の高揚《こうよう》を味わったことも、敗者として屈辱《くつじょく》にまみれたこともない。どちらも決して、一生、体験するつもりはないが……。

「負けそうだった、ってことなのか？　眞魔《しんま》国が？」

「どう贔屓目《ひいきめ》に見ても、敗色濃厚《のうこう》でしたね」

殆《ほとん》どの戦争には、勝者と敗者がいる。もちろん、日本も敗戦したことは知っている。でもなんというか、うまく言葉にできないけれど、自分の属する国、しかも自分が治める国が敗れそうだったなんて、現実として受け入れられそうになかった。

敗者がどんな目に遭《あ》うかも想像できない。

しかも目の前にいるこの男は、実際に戦場を生き延びてきたのだ。いや、彼だけではない。この世界に来て知り合った多くの魔族は、その時代を本当に生きてきた。ギュンターもグウェンダルもアニシナさんも、ここにはいないコンラッドも。

おれに寄り掛かって寝込《ねこ》んでいるヴォルフラムさえ、生きるか死ぬかの瀬戸際《せとぎわ》を体験しているのだ。

「とても想像できないよ……ほんの二十年前だろ、おれは生まれてないけど、兄貴はお袋《ふくろ》の腹ん中にいたよ。そんな最近なのに……自分の国が負けそうだったなんて」

「当時、大陸の南西から上陸してきたシマロン軍は、力のない二つの小国を潰《つぶ》して急速に北上してきました。あと一都市、アルノルドが陥落《かんらく》すれば、シマロン軍は容易に国境を突破《とっぱ》し、本土決戦になるのは必至だった。しかし我々の主力は北のグランツ地方と、沿岸のカーベルニコフに分散されていた。アルノルドにまで兵を割《さ》けば、ただでさえ防戦一方の両者が手薄《てうす》になる。とにかく、戦力が違った。シマロンは大陸の殆どを領土化していたから、兵の数は桁違《けたちが》いだった。一方こちらは他国と結んでさえいない。策はなく、いっそこのままアルノルドを捨てて、本土で迎《むか》え撃《う》つしかないように思われました」

ヨザックは冷たくなったカップの中身をじっと見詰《みつ》めた。真ん中に月が浮《う》かんでいた。

「当代陛下は政治能力の未熟を理由に、兄であるシュトッフェルに全権を委《ゆだ》ねていました。確かにツェリ様には荷が重かったが、何もかも摂政《せっしょう》任せにすることはなかった。ご自分で少しでも判断して、他の者の意見にも耳を貸してくだされればよかったんですが……。アルノルドで敵を食い止めていた陸兵から、援軍《えんぐん》の要請《ようせい》が届いたとき……もう遅《おそ》いと誰もが思いましたけどね。ちょうどその頃《ころ》に、グ……ある人物が……シュトッフェルに良からぬ進言をしたんです。全く根拠《こんきょ》のない、卑劣《ひれつ》な言葉をね。フォンヴォルテール卿はグランツより先へ遠征《えんせい》中だったし、奴《やつ》には絶好の機会だったんだ」

声に強い憎《にく》しみがこもった。紅《あか》い液体の表面で、月が歪《ゆが》んで揺《ゆ》れている。

おれの代わりに村田が尋《たず》ねた。

「何を、言ったんだ？」

「……忠誠心に、疑問があると」

おれは日常生活で聞かない単語に弱い。忠誠心？　それは生きていくために必要なものなのか？　戦国時代じゃあるまいし。

ヨザックの声は、低く、苦い。

「人間の血の混ざった者は、国家と眞王陛下、当代魔王陛下への忠誠心に疑問があると」

「……それは……シマロンと」

「そう、同じです。同じだった。敵国の血が半分流れているから、国家を裏切る可能性があると……くそっ！」

カップが割れる。

「人間の血が何だってんだ！　魔族として生きると決めたオレたちの誓《ちか》いが、そんなことで揺らぐとでもいうのか⁉　敵国の血が流れているってだけで、祖国と愛する土地や、同胞《どうほう》と信じる仲間を裏切るものか！　だがシュトッフェルはその言葉を利用した。奴にとっても好機だったんです。自分から地位と権力を奪う可能性のある存在を、一人でも減らすことができる……申し訳ありません、陛下、猊下《げいか》。取り乱しました」

「いいって。謝るほどのことじゃないよ」

続けて話し始めたときには、ヨザックの声は平静さを取り戻《もど》していた。

「……オレたちは……特に彼はね……黙《だま》っているわけにはいかなくなった。このままではいられない。このまま黙って屈辱に耐《た》えるだけでは、いずれは昔と同じになる。オレたちがシマロンで受けた仕打ちを、眞魔国中の同じ立場の者に味合わせたくない。女も、子供も、新しい家

族もいるんだ、国で生まれた子供もいるんです。その全員をあんな目に遭わせるわけにはいかない。我々に海を渡《わた》らせたダンヒーリー・ウェラーも、そんなことを望んではいないでしょう。コンラッドに……ウェラー卿に残された路《みち》は一つだった。忠誠心を示す。国家に、眞王に、全《すべ》ての民に。自らの命を以て、絶対の忠誠心を」

「それが」

「そう、それがルッテンベルク師団です。出身の兵士はもちろん、国中から混血の者が集まってきた。中にはまだ新兵教育さえ終えていない、素人《しろうと》同然の若いのもいました。皆《みな》が自らの命を捧《ささ》げ、国を救うために集まった。自分達が果敢《かかん》に戦い信頼《しんらい》を得れば、残される弱き者達が苦しまずにすむ。この先、謂《い》われのない偏見《へんけん》や、差別に苦しめられずにすむと思った。人間の血を引く者ばかりで編成された、小規模で特殊《とくしゅ》な師団ですよ……我々は最も重要で、しかし絶望的な激戦地に向かいました……陥落寸前のアルノルドです。考えてもみてください、上級貴族止まりとはいえ、コンラッドは女王の嫡子《ちゃくし》だ。好きこのんで死に往《ゆ》く必要はない。生きて戻《もど》る望みのない戦地へ、殿下が赴《おもむ》く慣例もないのに。シュトッフェルはそれを命じ、ウェラー卿は名誉《めいよ》であると答えた……オレたちが現地に到達《とうたつ》したときには、勝負はついたも同然でした。新たな兵力を加えても、こちらは四千弱、敵は三万を超《こ》えている。……地獄《じごく》だった」

左肩《ひだりかた》に寄り掛《か》かるヴォルフラムを起こさないように、おれは身震《みぶる》いを必死で堪《こら》えた。

「アルノルドは地獄だった。シマロン軍には法術を使える連中もいましたが、魔族の地では絶対的な戦力にはならない。我々にも魔術《まじゅつ》に通じた兵が送られてきてはいましたが、壊滅《かいめつ》的に戦局の苦しい中では、強大な魔力を持つ優秀《ゆうしゅう》な兵士など残されてはいない。かろうじて治癒《ちゆ》魔術が操《あやつ》れる程度です。戦闘《せんとう》時には何の役にも立たない。結局は斬《き》り合いだ。軽い剣《けん》を操る兵は、何体か斬ると、エモノがすぐに使いものにならなくなる。肉の脂《あぶら》で斬れなくなるんです。斧《おの》や重剣を用いる者も、柄《え》が滑《すべ》って握《にぎ》れなくなる。そうなったら即座《そくざ》に剣を捨てて、いま倒《たお》したばかりの敵兵の手から、シマロンの紋《もん》のついた武器を拾った。もしすぐ脇《わき》に同胞の遺体があって、その手に血の付いていない剣があれば、それも迷わず使いました。それが駄目《だめ》になればまた次を。また駄目になれば次の武器を。最後には誰《だれ》も、魔族の武具を持つ者がいなくなるほどだった。皮肉なことに敵兵の多くは、自分達が鍛《きた》えた刃《やいば》で息の根を止められた。それればかりじゃない。もっと恐《おそ》ろしいことに、連中は同じ人間の血を持つ我々の手によって……。ひょっとしたらどこかで系図が交差し、敵とはいえ遠戚《えんせき》同士の者もいたかもしれません。オレの母親が築いた家族の子か孫を、あるいは甥《おい》を知らずに斬ったかもしれない」

薄い笑《え》みさえ浮かべそうな穏《おだ》やかな顔で、ヨザックは炎色の睫毛《まつげ》を伏《ふ》せた。

「……それでもオレたちは迷わなかった。敵も味方も折り重なって倒れ、死体で地面が見えないほどだった。草は赤く光り、まれに覗《のぞ》く土はどす黒く湿《しめ》っていた。腕《うで》や足を避《よ》ける余裕《よゆう》もなく、たとえ生きていようと踏《ふ》み越《こ》えて進んだ。アルノルドは、地獄でしたが、でも同時に平等でもあった。流れる血がどうであろうと、戦場では誰一人として味方を疑うことはなかったし、昨日会ったばかりの兵士とも、互《たが》いの背中を任せられた。それこそオレたちの望んだものだ。平等、信頼。我々は結局、千に充《み》たぬ数になるまで敵を屠《ほふ》り、奇跡《きせき》的に退却《たいきゃく》を余儀《よぎ》なくさせた。しかし味方も多くが斃《たお》れました。たとえ一命はとりとめても、傷付き弱った者達が殆どだった。特に痛ましかったのは、彼等のためを思って先に離脱《りだつ》させた新兵達が、撤退《てったい》時に新たな戦闘に巻き込まれた件ですが……いずれにせよ五体満足で帰還《きかん》した者など、全大隊を通じて皆無《かいむ》に等しかった……ウェラー卿も動かせないほどの重傷を負い、自分の命は半ば諦《あきら》めて、数少ない生存者を先に帰還させたくらいです」

おれが見せてもらった中でも、脇腹の傷跡《きずあと》は酷《ひど》かった。腸がはみ出すのを押さえながら歩いたなんて、本人は笑いながら言っていたが。捩《よじ》れた皮膚《ひふ》を思い出すだけで、同じ場所が疼《うず》く気がする。

「多くの犠牲《ぎせい》はだしたものの、結果として南西の拠点《きょてん》アルノルドは死守され、敵に進軍されずに済んだ。これを契機《けいき》に眞魔《しんま》国側は勢いを盛り返し、グランツ地方やカーベルニコフでも反撃《はんげき》に転じました。敵地上陸までは深追いしませんでしたが、海戦ではあのドゥーガルドの一族やロベルスキーの不沈艦隊《ふちんかんたい》が猛威《もうい》を振《ふ》るい、シマロン軍を追い詰《つ》めた。停戦にまで持ち込めたのも、アルノルドでの勝利があったからだ。オレたちはそう思ってる。事実、その戦績が誉《ほま》れ高き武勲《ぶくん》と称《しょう》されて、ウェラー卿は十貴族と同等の地位を得ました。こればかりはシュトッフェルの思惑《おもわく》も叶《かな》わず、臨時評議全会一致《いっち》で認められてしまった。己《おのれ》の権力に脅威《きょうい》を及《およ》ぼす存在を減らすつもりが、逆に揺るぎない地位を与《あた》えてしまったことになる。ただ、うちの隊長にとっては階級なんかどうでもよかったらしい。詳《くわ》しく聞《き》いたわけじゃないけど、もっと大切なことがあったんでしょうね」

「コンラートが戻ったときにはもう……」

肩から重さが消えた。首を捻《ひね》るとヴォルフラムが、閉じかける目に賢明《けんめい》に力をこめていた。

左側が急に寒くなる。

「……ジュリアは亡《な》くなっていたんだ。そしてそれ以降、コンラートは決して軍籍《ぐんせき》に戻ろうしない」

「あ、起こし、ちゃいました、か」

「当たり前だ。あんなにびくびく震《ふる》えられては、ゆっくり寝《ね》ていられるはずがない。話ごときで怯《おび》えるなんて、お前ときたら本当に臆病《おくびょう》なんだから」

ジュリアってのはフォンウィンコット卿スザナ・ジュリアさんのことだろう。恋人《こいびと》でもなかった女の人が、コンラッドにはそんなに大切だったのだろうか。それはもしや不倫《ふりん》……訊くのもはばかられるような質問を、おれは喉《のど》の奥に呑み込んだ。

渦中《かちゅう》の人の弟を前にして、ヨザックは少しだけ表情を緩《ゆる》めた。言っていいことと悪いことに、いっそう気を遣《つか》う必要がある。

「そう、せっかく本来の地位を得たのに、ウェラー卿は軍人としての出世を放棄《ほうき》してしまった。

それどころか元の階級も返還して、今では……」

短い間、口籠《くちご》もる。

「……ただ陛下を護衛することのみを、至上の命としていましたよね。オレなんか他《ほか》にできることもないのに、直接の上官を失っちゃって。仕方ないからこうしてフォンヴォルテール卿の指示下に入ってるけどね。今でもやはりウェラー卿の復帰を望む声は多いんですよ。彼の下で働きたがる者は後を絶たないし……まあ無理もありません。雄叫《おたけ》びをあげながら先頭切って敵《てき》陣《じん》に切り込む様や、傷付きながらも力強く、敵の遺骸《いがい》から剣を引き抜《ぬ》く腕。前しか見ない惑《まど》わぬ眼差《まなざ》し。護《まも》るべきものを知っているが故《ゆえ》の、返り血に染まった猛々《たけだけ》しい姿。戦鬼とも見紛《みまが》う様相を目にしていれば、この男に付き従って、生死の果てまで突《つ》っ走ろうという気にもなる」

まるで映画のワンシーンみたいに、おれは赤みがかった映像をイメージした。危殆《きたい》に瀕《ひん》した国家の英雄《えいゆう》は、炎《ほのお》や血煙《ちけむり》の匂《にお》いまで纏《まと》っているようだった。グリエ・ヨザックはやや自嘲《じちょう》気味に、抑《おさ》えた口調を保っている。

「あの場にいた者は誰しも、自らの命を預けることに微塵《みじん》の迷いもなかった。恐らくウェラー卿コンラートは、ルッテンベルクの誇《ほこ》りでしょう」

永遠に。

音にならない単語まで、彼の声で聞こえるようだった。

「でも……」

殆《ほとん》ど状況《じょうきょう》を考えもせず、おれは焚《た》き火に向かって呟《つぶや》いていた。

「でもおれは、そんなコンラッドは好きじゃないな」

口に出してしまってから、魔族二人の呆気《あっけ》にとられた視線に気付く。

「う、不適切な発言がゴザイマシタか⁉」

ヨザックが曖昧《あいまい》な微笑《びしょう》を唇《くちびる》に浮《う》かべ、ヴォルフラムはへなちょこめーと天を仰《あお》いだ。呆《あき》れているのか同意のつもりなのか、僧帽筋《そうぼうきん》の下辺りを、村田が軽く二回叩《たた》いた。

「あれ」

鼻の頭に冷たいものが一瞬《いっしゅん》だけ触《ふ》れた。すぐに溶《と》けて水滴《すいてき》になる。滑《なめ》らかな手触《てざわ》りの革手袋《かわてぶくろ》を外し、温まった掌《てのひら》を空に向ける。小さく軽い羽根みたいなものが、左右に揺《ゆ》れながら落ちてきた。

「雪じゃん」

「雪ぃー？　雪とはまた厄介《やっかい》だな。ただでさえ走りにくい荒《あ》れ野だというのに、そのうえ天候まで敵となると」

「うーん、雪中行軍は馬でも難儀《なんぎ》しますからね。羊は寒さに強そうですが、道に積もっちまいやしませんかねぇ」

群青色《ぐんじょういろ》の夜空を見上げる。真っ白い綿氷の一片《ひとひら》ひとひらは、月から直接降りてくるようだった。

身体《からだ》が濡《ぬ》れる前に車に入ろうと、皆が重い腰《こし》を上げた時だ。

「ンモきーん！」

「うーひゃ⁉」

奇妙《きみよう》な効果音が十六頭分響《ひび》く。ンモきーん、ンモきーん、ンモきーん、ンモきーん！　寛平《かんぺい》師匠《ししよう》がいたならば、誰がモンキーじゃと突っ込んでいたところだろう。

羊達が次々と立ち上がり、閉じていた瞼《まぶた》を開いている。瞳《ひとみ》は爛々《らんらん》と赤く輝《かがや》き、やばい雰囲気《ふんいき》満載《まんさい》である。

「見ろ、なんか形状が変わってるぞ⁉」

モコモコしていた羊毛が張りを無くし、身体にぴたりと貼《は》りついた。ウール一〇〇％だった塊《かたまり》が、脂《あぶら》ぎったオールバックのオヤジになったみたいだ。降りかかる雪は表面を滑《すべ》り、真《ま》っ直《す》ぐに地面へと落ちてゆく。

「チェーンジ、雪モード！　ってことか。うっ、目も、目玉も赤い」

「羊は悪天候に強いってことかなー。しかもこの時間帯。夜型、というか」

村田は空を仰いで星の位置を確かめ、念のためにおれの腕を摑《つか》んでデジアナを見た。午前三時前。

「超《ちよう》朝型動物なのか……でもなんだか今にも走りだしそうじゃない？　月明かりで進むのは不安だけど、積もらないうちに距離《きより》を稼《かせ》ぐ作戦もアリかもしれない。走っとこうか、この際」

「うちって今、何位だったっけ？」

夕方に通過したチェックポイントでは、現在第四位のスタンプを貰《もら》った。あの時点で首位との差は一万二千余馬脚《ばきゃく》、追いつけない程《ほど》の距離《きょり》ではない。敵も馬脚をあらわしてきた。

「渋谷、夜間の走り方を知ってるかい？」

「いやさっぱり」

ムラえもんは簡易戦車の荷台を探《さぐ》り、掌に載《の》るサイズの筒《つつ》を取り出した。じゃじゃーん。

「魔動遠眼鏡《とおめがね》ーぇ。このようにジョイント部分を引っ張ると、手頃《てごろ》なサイズの望遠鏡ができあがり。小型ながら機能は充実《じゅうじつ》、これここ、この中に魔動の素《もと》が入っているんですね。だから世界中の地域を選ばず、どこでも快適にご使用になれます。お子さんとシマロンに旅行中、景色を見ようとして、ああしまった魔動の素がない、パパサイテーとか言われる心配ももうありません。また野生動物のウォッチングなど、夜間に使用したい場合にはこれ。この暗視装置が標準装備ですから、暗い中でもベストシーンを逃《のが》すことがありません。今ならこのおしゃれなケース、レンズクリーナー、首から掛《か》けてふぁっしょなぶるなストラップをおしつけて、全部で二万七千ペソ！　もちろん分割手数料はこちらで負担いたします」

フリーダイヤル0120シマロン兵士は皆《みな》ロン毛ー。

おしつけるのかよ⁉

9

「前方ニ巨大《きょだい》ナ溝《みぞ》発見、右ニ回避《かいひ》サレタシ」

「了解《りょうかい》」

「北カラ小型夜行生物ノ群レ接近、速度落トシテヤリスゴスベシ」

恐《おそ》らくアニシナさん発明であろう、超《ちょう》コンパクト・魔動遠眼鏡は、夜間走行には非常に有効だった。おれはヨザックのいる御者台《ぎょしゃだい》の隣《となり》に陣取《じんど》り、ラリーのナビゲーター役を務めている。路面の瘤《こぶ》や溝を回避できれば、それだけ脱輪《だつりん》の危険も低くなる。一時的には距離がかさんでも、結果としては効率よく走れるだろう。

「並ンダ岩ノ中央幅狭《はばせま》シ、大キク左ニ逸《そ》レテ通過……いよいよ雪が本格的になってきたね。このままだと車輪を取られて走れなくなるかも。さっきも一台修理中の車を抜いたし……あっ！」

「どうしました？」

おれは反射的に望遠鏡から目を離《はな》した。見てはならないものを目にしてしまったからだ。

「み、見てしまった」

「だから何を、サバクガメの交尾《こうび》と出産ですか？　思春期にアレ見るとうなされるんだよな」

違《ちが》う。そんな野生の神秘ではない。おれの見たのはテレビの心霊《しんれい》特集もビックリというような、はっきりと判《わか》りやすいオカルト少女だったのだ。

白い顔、白い服、白い髪《かみ》の女の子が、まだ薄暗《うすぐら》いこんな早朝に一人きりで立っていた。しかも額からは真っ赤な血が流れていて、レンズ越《ご》しに恨《うら》みがましい眼《め》でおれを見た。

「うはあきっと事故か何かで亡《な》くなったんだよ！　ひーどうしよう、一生呪《のろ》われちゃったらどうしよう、どうか成仏《じょうぶつ》してください」

「渋谷、仏教国じゃないんだからさ」

コックリさんこそ自力で動かしていたおれだが、幽霊物にはすこぶる弱い。つい先日も草野球チームの合宿で「出る」と評判の民宿に泊《と》まって酷《ひど》い目に遭《あ》った。壁《かべ》の染《し》みはBOSSの顔に見えるし、水道からは赤くて鉄臭《くさ》い水が出るし……トイレの水は流れないし。

「ああ、まだいるみたいよ」

「なにーっ!?　村田にも見えるのかーっ!?」

「いや誰《だれ》にでも見えるでしょ。ていうかあの子、幽霊じゃないし」

ヨザックが手綱《たづな》を引き絞《しぼ》り、羊車は徐々《じょじょ》にスピードを落とした。すっかり停止した場所に、先程の女の子が黙《だま》って立っている。白に近いクリーム色のストレートヘアと、ごく薄い空色の大きな瞳。全体的に白っぽい子供で、血の赤だけが際《きわ》だっている。どこかで見たような外見だ。

「ほんとだ……幽霊じゃない」

この寒空に非常識な薄着姿だ。ナビシートでカンテラを持ち上げると、細い脚《あし》と剝《む》きだしの膝《ひざ》が見えた。粉雪が積もり始めた地面には、灰色の影《かげ》もできている。顔の幼さや手足の長さからして、まだ小学校入学前だろう。朝方とはいえ暗い屋外に幼女一人とはどういうことだ。

「なあきみ、なんで夜にお外にいるの？　家はどこ？　お父さんとお母さんは？」

簡易戦車から飛び降りながら、身元調査を試みる。女の子は近くにいた羊の毛に指を突《つ》っ込み、暖かな肌《はだ》を愛《いと》おしそうに撫《な》でた。額の傷と血はかなり乾《かわ》いていて、思ったより大きな怪我《けが》ではない。ギーゼラに教わったなんちゃって治癒《ちゆ》能力でどうにかできないだろうか。

「その傷どうしたの？　おにーちゃんに見せてごらん。大丈夫《だいじょうぶ》、痛いことはしないから」

「……けて」

女の子は埃《ほこり》と煤《すす》にまみれた指で、おれの袖《そで》をぎゅっと摑《つか》んだ。

「助けて、おじちゃん」

「ええ？」

おじちゃん呼ばわりに落ち込んでいる場合ではない。幼い女の子を置き去りにするわけにはいかないし、額の傷も手当てしなくては。何よりこの子の両親が、今頃心配しているはずだ。

「勝手に歩いて来ちゃったのかな。なあきみ、家はどっち？　どっちから来たの？」

幼女は黙って来た道を指差した。荷台から飛び降りてきた村田が、おれの遠眼鏡を奪《うば》い取る。

「……煙《けむり》がでてる」

「てことは火事場迷子《まいご》なのか。現場近くで待機しないと、親に会えなくなっちゃうよ」

幼女の指差した先からは灰色の煙が雪空に立ちのぼっていた。こんな荒野《こうや》に家があるのも不思議だが、とにかくあそこまで連れて戻《もど》らなくてはなるまい。すすり泣く幼女を膝に乗せ、おれたちは羊を走らせた。

燃えていたのは家ではなく、尖《とが》った屋根の二棟《むね》の建物だった。周囲には十数人ばかりの兵士がいるが、如何《いかん》せん水の少ない乾いた荒野だ。消火活動は難航してるようだ。炎《ほのお》の勢いは強くなるばかりで、一向に鎮火《ちんか》する気配はない。

気になるのは両親や、祖父母など、保護者らしき人々がどこにも見られないことだ。柵《さく》を張り巡《めぐ》らせた敷地《しきち》の隅《すみ》に、子供ばかりが三十人ほど集まっていた。皆、身を寄せ合って怯《おび》えているが、誰一人声を立てようとしない。燻《くすぶ》る煙と三角の屋根を見詰《みつ》め、ただただ涙《なみだ》を流すばかりだ。御者台で、ヨザックが低く呟《つぶや》いた。

「……まさか」

何を言おうとしたのか聞き返す間はなかった。おれの膝から立ち上がった女の子が、仲間の所に駆《か》け寄ろうとしたからだ。子供達が一斉《いっせい》に手を伸《の》ばす。

「チャッキー！」

チャイルド・プレイ!?　という突っ込みはおいておくとして、驚《おどろ》いたのは子供達の中に見覚えのある顔があったことだ。特に幼い子を護《まも》るように抱《だ》いているのは、マキシーンの連れである双子《ふたご》の美少女姉妹《しまい》だ。

「ああそうか！　誰かに似てると思ったら、子供達みんなスプラッターツインズとそっくりなんだ……待てよ、てことは全員……」

「神族に縁《えん》のある子達だね。恐らく彼なら知ってるだろうけど」

村田の口調はどこか苦々しい。ヨザックが羊を安全な場所に避難させてから、大急ぎでおれたちの元に戻ってきた。

「よーく知ってますよ。この場所はね。オレも昔、こんな教会に預けられたから」

チャッキーと呼ばれた女の子が、フレディの腕《うで》に飛び込んだ。どうして!?　と短く咎《とが》められる。こんなときまで語尾《ごび》を略すから、まるで怒《おこ》っているみたいに聞こえてしまう。フレディはきっとこう言いたいのだ。どうしてあなたただけでも逃《に》げなかったの？

消火にあたる兵士の動きを追いながら、ヨザックは遠く空《むな》しい眼をした。

「神族との間にできた子供だけを隔離《かくり》して育ててるんでしょう。ちょうどオレたち魔族《まぞく》と人間の混血が、荒《あ》れ野に封《ふう》じられていたみたいにね。でもこの子達の場合は少し事情が違う。神族に縁のある子供なら、生まれつき強大な法力を持つ者もいる。この中には確実に、将来の優《ゆう》秀《しゅう》な術者が含《ふく》まれてるんだ。つまり」

内部で小規模な爆発《ばくはつ》が起こり、屋根の一部が崩《くず》れ落ちる。

「……非常に価値のある、商品です」

「商品、って」

「兵士として自国の軍で使うことも、術者として異国に売ることもできる。大陸中にこういう子供達は少なくない。特に神族の血を引く者はね……その点、魔族は楽なもんでしたよ？　殆《ほとん》どの場合、魔力なんか欠片《かけら》もなかったから」

黙り込むおれに気を遣《つか》ってか、ヨザックは殊更《ことさら》明るく言った。

子供が「商品」として扱《あつか》われるなんて。今おれはそんなことが当たり前の国にいるんだ。

水を必死で運ぶシマロン兵が、中に職員がいると後方に叫《さけ》んだ。大切な子供達は脱出《だっしゅつ》させたが、この施設《しせつ》で働く人間がまだなのだろう。水自体が不足しているのは判るが、それにしても消火効率が悪い。もう燃焼材もないはずなのに、崩れて燃え尽《つ》きた場所まで鎮火しない。

「不思議だな、左の棟なんかもう炭化しちゃってるのに。いつまでたっても燃え尽きない」

「ああそうか、渋谷は初めてだっけ？」

眉間《みけん》に皺《しわ》を寄せたまま、村田は胸の前で腕を組む。頭の中ではいつ頃《ごろ》の記憶《きおく》が繙《ひもと》かれているのか、凡人《ぼんじん》のおれには想像もつかない。

「こういう特殊《とくしゅ》な炎はね、水ではなかなか消せないものなんだ」

初めてではなかった。その定義、おれも耳にしたことがある。

「なあヴォルフ、前にもこんなことがあったよな。熟練の火の術者が放った炎は、普通《ふつう》の水じゃなかなか消えなくってさ」

「ああ。国外れの人間の村が襲撃《しゅうげき》されたときだな」

地球の友人が意外そうな顔をした。眞魔国《しんま》で体験したことを全部話してあるわけではない。村田はおれの経験値内訳を知らないし、今のところのレベルも不明なはずだ。

「てことは、この消える気配もない大火事は、誰か魔法使いが魔法でやってる可能性が高いのか⁉」

ヴォルフラムは大袈裟《おおげさ》に溜《た》め息をつく。

「ひとつ、魔法使いじゃなくて術者だ。ふたつ、魔法じゃなくて魔術だ。みっつ、ぼくら以外に魔族がいるか？」

「いません」

「ということは、この火は炎の術者であるぼくが操《あやつ》っているんだな？　そんなわけがあるか。いい加減にしろユーリ、少しは頭を働かせろ。いくら大賢者が傍《そば》にいるからって、自分では何一つ考えずにいると、いつのまにか脳味噌《のうみそ》が萎縮《いしゅく》して海綿状になってしまうぞ」

それは現代地球の病気だ。

「これは人間どもの法術の炎だろう。近くに本格的な術者がいて、全力で施設を焼いているんだ。何もかも全《すべ》てを燃やし尽くそうと、今も命文を唱え続けてるに違《ちが》いない」

言われるそばから脳味噌を使ってみた。筋肉ばっか鍛《きた》えていたせいで、他《ほか》の人より回転が遅《おそ》い。だったらその法術使いを摑まえて、言葉を封じてしまえばいいのではないか。

誰《だれ》か、水を運ぶだけでなく、炎を操っている術者を捜せよ。でないと火事は当分終わらない。

やがて施設だけでなく荒野全体を舐《な》めるだろう。

おれはスローモーションみたいにゆっくりと、強大な法力を持つ人を捜し始めた。理論も推理も通用しない。ただ、言葉では説明できない奇妙《きみょう》な力と、それを操る人物を、似た力の持ち主として感じ取るだけだ。可能かどうかは判らない。だが、ヒントくらいは見つかるはずだ。

双子のうちの一方と、強い視線がぶつかり合う。光り煌《きら》めく金の瞳《ひとみ》と、闇夜《やみよ》のまま星もない漆黒《しっこく》の瞳。胸の魔石が熱を持つ。あの瞳だ。彼女達以外にはいなかった。

ああ、どうかおれの出した結論が間違っていますように。だが、短すぎる祈《いの》りなど叶《かな》うわけがない。予想は的中した。彼女は微《かす》かに動く唇《くちびる》で、強力な法術を駆《く》使《し》している。おれに見咎《みとが》められてもなお、焼き尽くすことをやめようとしない。

「フレディっ！」

正直なところ、どっちがどっちかは不明だった。けれど名前を叫ぶおれに反応したところを見ると、彼女がフレディだったのだろう。

「もうやめるんだ、こんなことして何になる⁉　今すぐ呪文《じゅもん》をやめるんだ、そしてきみの炎に命じて、鎮《ちん》火《か》のための水を受け入れるんだ！」

白に近い金の髪《かみ》を揺《ゆ》らして、彼女は首を横に振《ふ》った。拒否《きょひ》だ。

「考え直せフレディ、何がしたいんだ？　きみは大会に出場するために初めて訪《おとず》れた知らない国で、自分とは関《かか》わりのない施設を燃やし、職員の命を奪おうとしてるんだぞ。それにどんな意味があるんだ⁉」

「あなたには」

関係ない。関係ないだと？　村田が顔を横に向けて、挑戦《ちょうせん》的な金の瞳を確認《かくにん》した。

「……あの子なのか……？」

「そうだ。なあヴォルフ、あのときおれは村中を焼き尽くそうかっていう炎を、どうやって消し止めたのかな」

不意に懐《なつ》かしいことを訊《き》かれて、フォンビーレフェルト卿《きょう》は意外そうな顔をする。

「覚えてないのか？　雨だ」

「雨？」

「そうだ。お前は記録的な豪雨《ごうう》を降らせて、短時間で一気に鎮火させた。待て、お前まさか、あの法術を消し止めるつもりじゃないだろうな。あのときと今では勝手が違うぞ」

ヴォルフラムの言葉を引き取って、村田が冷静な口調で続けた。

「あの子達は神族だ。そしてここは魔族の土地ではなく、法力に従う要素に満ちた人間の大陸だ。きみがこの土地で魔術を駆使しても、あの子達の法術にかなうとは思えない。しかもコントロールし損《そこ》ねて暴走すれば、ダメージを受けるのは他ならぬきみ自身なんだよ。成功の確率の低い策を実行して、きみを危険にさらしたくない」

「成功の確率？」

　そんなのはいつも最低ラインだ。理由のない笑いと根拠のない自信がこみ上げてくる。胸の魔石が熱を増すので、服の上からぎゅっと握った。それさえも自らの力となるようだ。耳や襟《えり》や頰《ほお》に積もり始めた白い雪が、奇妙に心地《ここち》よかった。皮膚《ひふ》から身体《からだ》の中央に浸透《しんとう》して、全ての毒を中和してくれる感じだ。今なら何かができそうな気がする。いつも爆発的にやっていたことが、今なら制御《せいぎょ》できる気がするんだ。

「打てる確率が低いからって、バットを振ってみない馬鹿《ばか》はいないよ。振らなきゃ絶対に当たらないんだ。運良く四球を選ぶにしたって、バッターボックスで敵にプレッシャー掛《か》けなきゃボールにならない。見逃《みのが》し三振《さんしん》で終わるより、おれなら豪快に空振《からぶ》りしてみるさ。扇風機《せんぷうき》とか言われたって構わない。絶好球を見送って、打てそうだったってベンチで後悔するより、思い切って振って当てに行く……もしかしたら振り逃《に》げできるかもしれないし」

　視界の隅《すみ》に見慣れた男の姿が飛び込んできた。軍人らしく背筋をただし、颯爽《さっそう》と歩くマキシーンだ。居て欲しくない場所に必ずいる。思わず悪態をつきたくなった。

「何でここに、あいつが」

「この付近に馬車を止めて野営してたのかもしれない。ジェイソンとフレディがここにいるのも、奴に気付かれないようにこっそり抜け出したからかな」

　刈《か》りポニは何事かを悟《さと》ったらしく、双子《ふたご》の方へと進んでゆく。おれも慌《あわ》てて走りだした。

「やめろマキシーン！　その子に触《さわ》るな！」

「黙《だま》れ！」

手だけでおれを制しておいて、視線を双子から外さない。

「ここから買い上げてやった恩も忘れて、競技の最中《さなか》に離脱するとは何事だ！」

買い上げたって……？　じゃあジェイソンとフレディは、元々ここの子供なのか。

マキシーンがフレディの服を摑《つか》み、雪の積もる地面に引き倒《たお》した。

「やめてっ」

叫びと共に大人の身体《からだ》が吹《ふ》っ飛ぶ。双子の片割れが金の瞳を燃やし、新たな敵を見据《みす》えている。ジェイソンの力が、妹を守ったのだ。

「勝てばここをくれるって約束した」

耐えきれず涙を落としながら、少女はおれに叫んでいる。

「勝てば何でも願いを叶えてくれるって！　なのに今日ここを通ったら……エイミーもデーナもヘザーもアンディももう買い手が決まったって」

「フレディ」

「約束したのにっ！」

おれはフレディに近づけずに足掻《あが》く。手を貸して起こして座らせて、説得しようにも触れられないのだ。村田がおれの肩を摑む。

ナイジェル・ワイズ・マキシーンが腰《こし》の剣《けん》を抜き放った。

「やめろ、マキシーン！　相手は子供なんだぞ⁉」

引き留める指を振り切った。僕は反対だ、声ではない言葉がそう届く。いいんだ、いつかは自分で制御しなきゃならないことだ。

おれを動かすのはおれでしかない。渋谷有利に命令できるのは、村田でもあの人でもなく。おれだけだ。

周囲が真っ白になるのを予測して、眩《まぶ》しさに耐《た》えられるようにと瞼《まぶた》を閉《と》ざす。吹雪《ふぶき》の中央に立たされて、必死で脚《あし》を踏《ふ》ん張っているような感じだ。もうあの女性の声は聞こえない。もうずっと、誰も導いてはくれないのだ。

手を伸《の》ばしても縋《すが》れるものは何もない。誰かが傍にいる温かささえ感じない。まるで白い闇の中を、息を潜《ひそ》めて歩いてゆくような心許《こころもと》なさだ。さっきよりずっと遠い場所に、フレディがぽつんと立っている。倒されそうな強い風に曝《さら》されてはいるが、不思議と音は聞こえない。

おかしい。いつもと何かが違う。奇妙な言葉遣《ことばづか》いの「彼」が現れない。耳元でハイテンションなＢＧＭも流れないし、右手に扇子《せんす》を持ったような感触《かんしょく》もない。

ただ真っ白な闇の中で、少女とおれが対峙《たいじ》しているだけだ。

これが自分をコントロールするってことなのか？　自らを律するってことなのか？

「聞いてくれフレディ、きみの気持ちもよく判《わか》る……いやおれは、そんな体験をしたことはないけれど、約束を破られたらつらいだろう」

　逆の意味でおれらしくない理性的な言葉を並べつつ、内心は非常に焦《あせ》っている。これがおれか⁉　これがあの暴発モードのおれなのか⁉

「だが、暴力は何の解決にもならない。聞いてくれフレディ、自ら引く勇気を知って欲しいんだ。おれはきみたちを斬《き》りたくないいんだよ。何とかしてきみたちを助けたいんだ」

「うそ」

　少女は小さく頭を振った。先程《さきほど》よりは怒りが弱くなっている。

「……信じない」

「火を消したいんだフレディ。あの中には人がいる。きみも知ってる人だろう？　話したり遊んだりしたかもしれない。食事を作ってくれたかもしれない。そんな人の命を奪《うば》うことが、本当にきみのしたいことなのか？　約束するよ、フレディ。火が消えたらきみたちみんなをここから連れ出す。もっと住みいい所に連れて行ってあげる。きみとジェイソンが願ってたのは、ここより楽しい場所で暮らすことなんじゃないのか？　連れて行くよ、おいで。きっと探す」

　おれはゆっくりと十六歳の手を差しだした。どこまでやれるか判らない。けど、どこまでも。行けるところまで。焦《じ》れったいほどの時間をかけて、フレディはおれの指を握った。

「きみたちのための場所をきっと見つける。約束する。絶対に途中で離さない」

宙に出現した巨大《きょだい》な滝《たき》を目《ま》の当たりにして、村田はただ黙って瞼を閉じた。

自分が何故《なぜ》、この王の治世、この魔王《まおう》の時代に、渋谷有利の友人として生まれたのかが、少しずつだが理解できたような気がする。

雪は豪雨へと状態を変え、たちまちのうちに燃えさかる炎《ほのお》を消し去った。

だが、彼にはまだ神族に対する痼《しこ》りがあった。連中は魔族にとって厄介《やっかい》な存在でしかない。へたをすれば、疫病神《やくびょうがみ》になる。

恐《おそ》ろしい規模の魔術を使いながら、目の前の友人は脱力してしゃがんでいるだけだ。前回までの勢いと威圧感《いあっかん》、あのカリスマの姿はどこへ消えてしまったのか。ユーリ自身も異変に気付いているらしく、不安を誤魔化《ごまか》そうと軽口をたたく。だが、その声に力はない。

「……なんかおれ、ちょっとおかしいみたいよ。ちょっとどうもクールな男になったみたい」

「ぼくには、小さくまとまってしまったように思えるがな」

からかうヴォルフラムの言葉にも、どこか不安が滲《にじ》んでいる。

村田健は白み始めた空を仰《あお》ぎ、好事の兆《きざ》しを見つけようとした。しかし彼の闇《やみ》の瞳《ひとみ》は、天の色を知るより先に、灰色の煙《けむり》で遮《さえぎ》られてしまった。

10

競《せ》り合っていた小シマロンチームがいなくなると、羊は一気にスピードを増した。

「誰《だれ》が来てるっ⁉　追いつかれそうか⁉」

荷台に這《は》いつくばっていた村田が、幌《ほろ》から顔を出して叫ぶ。

「全体的に赤っぽい一団が見える！　追いつかれるかどうかは微妙《びみょう》だな。ん？　あれ馬じゃないよ……わーすげえ、あれ人力だよ人力」

「マッチョ⁉」

マッチョ、マッスル、マッスリャー。名古屋式筋肉三段活用。降りしきる雪の中、十二人の怒《いか》れる筋肉男達が、血管浮《う》かせて突っ走ってくる。真っ赤に染まった半裸《はんら》の肉体からは、ほんやりと湯気が上がっていた。思わず道を譲《ゆず》りたくなるような、鬼気迫《ききせま》る形相だ。

「野蛮《やばん》だな、靴《くつ》くらい履《は》けばいいのに」

「いやヴォルフ、そういうことじゃない、そういうことじゃなくて」

チーム・マッチョメンも車には橇《そり》を履かせているらしく、泥《どろ》と雪で乱れた水っぽい路面でも比較的滑《ひかくてきなめ》らかな進み方だ。こっちが少しでもスピードを緩《ゆる》めれば、追い越《こ》されそうな勢いだ。

「曲がりますよ坊《ぼう》ちゃん方ッ、しっかり掴まってください！　振《ふ》り落とされてから文句言われても、当戦車では一切《いっさい》関知いたしませんからねッ」

「どこに掴まっ……ぎ、ぎゃ、舌噛《か》ん」

最終コーナーを猛《もう》スピードで九十度曲がると、後方で車体がちぎれそうに振れた。まさか家《か》畜《ちく》の牽《ひ》く戦車で、ドリフトを体験するとは思いもしなかった。数百メートルほど先に、スタジアムの巨大な姿が見えてくる。明るい茶色の煉瓦《れんが》で建てられた壁《かべ》は、遠目では甲子園《こうしえん》にも似て見えた。

ゴール間近ということは、沿道の人々の興奮で判った。東ニルゾンに上陸したとき同様に、小指を立てては叫んでいる。道路に飛び出さないようにと、母親に肩《かた》を掴まれた子供達が、黄色い旗をしきりと振っていた。

「嬉《うれ》しいねえ。マラソン選手にでもなったみたいな気分だよ」

「ユーリ、まさかこれが歓迎《かんげい》や激励《げきれい》だと勘違《かんちが》いしている……はずはないな。いくらへなちょこで世間知らずのお前でも」

「え？」

ヴォルフラムが冷静な口調で言うと同時に、おれの頬《ほお》の横を白い球体が掠《かす》めた。幌の内側に当たって割れる。薄《うす》黄色い半透明《はんとうめい》の液体が、どろりと床《ゆか》に流れ落ちた。腐《くさ》った卵だ。

「嘘《うそ》だろ、なんでこんな嫌《いや》がらせされんのよ。普通《ふつう》なら敵国でも応援《おうえん》するだろ?」

「忘れるな。ここは眞魔《しんま》国じゃない、シマロンだ。しかも王都ランベールだぞ。こいつらは大シマロンと小シマロンでの決勝戦が観《み》たいんだ。それ以外の出場者なんぞどうでもいい」

「ていうかまあ、むしろ邪魔《じゃま》ってとこだね」

生ゴミの臭《にお》いをついつい嗅《か》いでしまってから、村田は鼻の前で右手を振った。

「何かの間違いで他の地域が勝ち上がってきたら、徹底《てってい》的に叩《たた》きのめされるのを望んでるんだ。渋谷、ここはアウェーなんだよ。野球でいったらビジターなんだって」

「……ビジターでも敵の攻撃《こうげき》中は静かに見守るさ。パ・リーグならね。それが応援マナーってもんだろ?」

「や〜れやれ。渋谷、きみはスポーツマンシップに則《のっと》りすぎ」

「スポーツマンからスポーツマンシップを取ったら、ただの野獣《やじゅう》になっちゃうじゃん」

「野獣も最近は可愛《かわい》いよー? バラエティーばんばん出ちゃってさ」

「それで坊ちゃんたち、結論はでましたかっ!? 優勝しちゃっていいのか駄目《だめ》なのか」

「するさ!」

そのために来たんだ。ヨザックは了解《りょうかい》のしるしに、御者台《ぎょしゃだい》の脇《わき》で鞭《むち》をならした。Tぞうが素《す》早《ばや》く反応して、チームメイトを短く一喝《いっかつ》する。

「ンモウっ」

ちょっとお袋《ふくろ》さんみたいだ。

走れシッジ、シッジは走った。今度はちょっと太宰治《だざいおさむ》みたいだ。

最後の直線を走りきると、そこに石造りのゲートがあった。一面茶色の煉瓦壁《へき》の中央に、ぽっかりと半楕円《だえん》の口を開けている。この頃《ころ》には投げつけられる物もバラエティーに富んできていて、おれたちは卵や果物以外にも、海草や熟したトマトも避《よ》けなくてはならなかった。

「ああ思いだすなあ、トマト投げ祭り。五代前の所有者はスペインのパン職人でさー」

「ムラケンさんちのおじーちゃん、こんなときに昔語りは勘弁《かんべん》してくだサイ」

Tぞうとメリーちゃんの羊達は、全速力でゲートに駆《か》け込んだ。不意に地面の雪が消え、橇が石畳《いしだたみ》で音を立てる。羊は急には止まれないの標語どおりに、勢い余って薄暗い通路を突《つ》き進んでしまう。やっとブレーキが効いたときには、人々の怒声《どせい》も遠くなっていた。

太く重い柵《さく》が降りてきて、ゲートを完全に封鎖《ふうさ》した。追い縋《すが》ってきたチーム・マッチョメンが、鈍《にぶ》い音と共に激突《げきとつ》する。

「ナイスマッチョ！　でも痛そ」

「同情している場合じゃないよ。相手は待ってはくれないらしい」

「え、でももうおれたちが一位でゴールインしたんだからさ……」

ふと見下ろすと「軽くて夢みたーい」号の周囲は、十人以上の大シマロン兵で取り囲まれていた。厳しい天候にもかかわらず、髪《かみ》の毛は全員ふわふわだ。嫌々ながら順位を告げる。

「貴様等は速部門で優勝し決勝戦に進む権利を得た。降りろ、そしてきりきり立ちませい！」

「怒鳴らなくても降りるって。ちぇ、なんだよ審判《しんぱん》、横暴だな。それが勝者に対する態度かよ。国際審判連盟に抗議《こうぎ》するぞ」

「やめときな。現地ボランティアの皆《みな》さんかもしれないから」

屋根の下に入って雪が当たらなくなった途端《とたん》に、不快感が戻《もど》ってきた。風邪《かぜ》の引き始めに似た感覚。早めに葛根湯《かっこんとう》を飲んどかないと、今晩あたり熱に悩《なや》まされそうだ。寒空のほうが調子がいいなんて、おれの前世はシロクマかペンギンだろうか。

「……なんか、おれ、もしかして羊酔《よ》いしちゃったかもよ……」

「なに、言って、るんだ、すぐに、決勝、だぞ」

自分も頭を揺《ゆ》らしながら、ヴォルフラムが立ち上がる。絶好調とはいい難《がた》い。

「え、ちょっとくらい休ませてもらえねーの？　だって今着いたばっかなんだぞ？　トライアスロンじゃないんだからさぁ。会場で待ってただけの地元チームはいいかもしんないけど、こっちは何泊《なんぱく》も野宿してんだから。いい加減、疲労《ひろう》もピークだろ」

「それが狙《ねら》いなんですよ」

先頭をきって御者台から飛び降りたヨザックが、おれに右手を差しだした。そんなに具合が悪そうに見えるのだろうか。

「間違ってもオレたちに勝たせるわけにはいきませんからね。少しでもこちらを不利にして、確実に叩きのめさないと。なにしろ占領地《せんりょうち》に優勝されたひにゃ、どんなことを要求されるか判《わか》ったもんじゃないし」

おれたちの願いは一つだけだ。

ハコカエセ、ハコモドセ！

カロリア代表からそんな要望がだされるとは、大シマロンも思いもしないだろう。

「早くしろ！　知・速部門の首位が到着《とうちゃく》したことは既《すで》に会場に伝わっているんだ。長くかかれば二万もの客が暴動を起こしかね……いや、陛下をお待たせするわけにいかんだろうが！」

黄と茶の制服組のうち、リーダー格の男が声を荒《あら》げる。陛下というのはおれではなく、この国の偉《えら》い人のことだ。村田が僅《わず》かに眉《まゆ》を顰《ひそ》め、彼等に聞こえないように鼻を鳴らした。

それにしても二万以上の観衆とは、平日の西武ドームより賑《にぎ》やかそうだ。果たしてあんなざわめきと視線の中で、緊張《きんちょう》せずに闘《たたか》えるだろうか。

軽く痛む関節をさすりながら、窓のない通路を急《せ》かされて進む。ここはいわゆるバックステージで、選手用の控《ひか》え室らしき扉《とびら》があった。横三列の若造達を前に行かせ、ヨザックは背後から目を光らせている。安全面を考えれば、サイズモア班の到着を待ちたいところだ。だが併走《へいそう》していたとはいえ、コースはおれたちと全く違う。到着時間の予測もできないので、結果的に護衛は一人となり、ヨザックの負担は増えている。

選手通用ゲートに近づくにつれ、場内の熱狂《ねっきょう》が大きくなった。頭上も客席になっているのか、怒声が振動《しんどう》となって天井《てんじょう》を這《は》う。姿を現さないおれたちに焦《じ》れて、人々が足を踏《ふ》みならす。決まったリズムで壁が揺れ、足の裏まで痺《しび》れてきた。

ロッカールームはメジャー風のオープンタイプで、扉もなければ仕切もない。中央に置かれた長いテーブルには、物騒《ぶっそう》な物がずらりと並べられていた。

「まずい、早いとこ着替《きが》えないと……腹筋の割れ具合にいまいち自信がないんだけどさ、この際そんなこと言っちゃいられねーよな」

潔《いさぎよ》くボタンを外すおれを見て、何故《なぜ》かシマロン兵が大慌《おおあわ》てだ。

「待て選手、いきなりなんということを！」

「え、だってどうせ客も審判も男だけなんだろ？　だったら恥《は》ずかしがってうじうじしてもしゃーないじゃん。野郎《やろう》どもが全裸《ぜんら》で競い合うのがルールなら……」

「馬鹿《ばか》なことを言うな！　陛下の御前《ごぜん》だぞ!?」

「渋谷ぁ、古代オリンピックじゃないんだからさ」

「これだからお前は慎《つつし》みがないというんだ」

村田が呆《あき》れて眉を下げた。ヴォルフラムはいつもどおりに憤慨《ふんがい》して、おれのボタンを全《すべ》て塡《は》めた。

「いいか。魔族《まぞく》の貴人たる者が、人前でそうそう肌《はだ》をさらすな。脱ぐのはいざというときだけだ！」

「いざ、ってお前……。それにしてもなんだよ、同性相手にセクハラでもないだろうにな。だったらユニフォームかグラウンドコートよこせってんだ」

仮にも地域の代表選手として、スタジアムに堂々の入場をするのだ。防寒に着ぶくれた私服姿では、ファンの皆様に顔向けができない。カロリア応援団《おうえんだん》がいるかどうかは怪《あや》しいものだが。

「服はそのままでいい！　それよりも早く、武器を選べ」

係員役のシマロン兵は、中央に並べられた凶器《きょうき》の山を指した。眩《まぶ》しいほどに焚《た》かれた松明《たいまつ》の炎《ほのお》で、どれも銅色に光っている。

「ぼくには自分の剣《けん》がある。敵国の武具など使えるか」

「そうはいかん、規定に則ってだな……」

「おいおい、まさか」

恐《おそ》らくこの場で最も腕《うで》の立つ男が、斧《おの》を手にして冷たい口調で言った。

「劣《おと》ったエモノをあてがって、さっくり負けさせようって魂胆《こんたん》じゃないでしょーねーェ？」

兵士達の顔色が変わる。

「口のききかたに気をつけろ！　下等な占領民どもめ。ろくな道具も持てぬだろう下々の民《たみ》へと、陛下のご厚情で揃《そろ》えられた物だぞ。いずれも我が国の名工が鍛《きた》えた最高級の逸品《いっぴん》……」

「そんなご自慢《じまん》の品でもないけどね。ま、平均点ってとこですか」

刃《やいば》を光に翳《かざ》していたヨザックが、相手の言葉を遮《さえぎ》った。長く重そうな鋼《はがね》の斧を、頭上で何度か回してみせる。近くにいた兵士が慌てて身を引いた。

村田はというと、自分は数に入らないにもかかわらず、一振《ひとふ》り一振り手にとって検分している。

「規定があるなら仕方がないよ。こんなとこで無意味にいちゃもんつけて、失格にでもされたら元も子もない。サイズも種類も一通り揃ってるみたいだし、ここから選んでもいいんじゃないの。どれ使う？　渋谷。残念だけど銃《じゅう》はない。せっかくガン＝カタ教えてやろうと思ったのにな｜」

「それはまた……新しいガンダムですカ」

武器なんてろくに持ったことはない。だからといって格闘《かくとう》系キャラでもないから、拳《こぶし》や膝《ひざ》の鍛錬《たんれん》も怠《おこた》っている。

ヴォルフラムとの決闘騒《さわ》ぎのときだって、軽くて扱《あつか》いやすい物をコンラッドが選んでくれたのだ。あとは花の出る仕込《しこ》み杖《づえ》だったり、持ち主によって態度を変える魔剣《まけん》だったり。まっとうな武器にはとんと縁《えん》がない。

その件に関しては二万四千日あまりの長《ちょう》がある三男が、おれの二の腕をさすりながら言った。

「まああの筋肉だな。弓はどうだ？　走る者を狙って刺《さ》すのが得意だって以前言ってなかったか？」

「ランナーを刺すのとはわけが違うよ。あれは走者を狙うんじゃなくて、ベースカバーのグラブ目がけて投げるんだから」

会場係の兵士が、弓は禁止だと騒いでいる。なるほど、御前《ごぜん》試合で飛び道具使用を許可すれば、王様を狙う狼藉者《ろうぜきもの》が現れるかもしれない。

「じゃあ槍《やり》はどうだ。構えてみろ」

鈍《にぶ》く光る鉄の棒を渡《わた》される。片手で扱える重さではなかったので、柄《え》の後方を右肩《みぎかた》に載《の》せた。

連れ三人が同時に、落胆《らくたん》の溜《た》め息。

「ちょっと畑で一仕事、って感じだな」

銃刀法をきちんと守ってきたので、使い慣れた武器などあるわけがない。こんなことになるなら野球三昧《ざんまい》ではなく、剣道部か弓道部に入っておくべきだった。それが無理なら槍部《やりぶ》か杖部《つえぶ》か、木こり部か……鎖鎌《くさりがま》部なんかも面白《おもしろ》そうだ。並んだ道具のグリップを順番に握《にぎ》ってみる。

ヴォルフラムが細身の剣を抜《ぬ》いてみせた。

「長さからしてこれでいいだろう。どのみちユーリは戦う必要はない。頭数を合わせるためにいるようなものだからな」

「あ、そうなの」

「当たり前だ。お前に戦闘行為《こうい》をさせるくらいなら、骨飛族に剣を持たせるほうがずっとましだ。危なっかしくてとても見ていられない！　先に二勝すればいいだけの話なんだから、ぼくが二人分勝ち抜いてやる」

彼の後ろでヨザックが、おどけた顔で頼《たの》もしいお言葉ーと口だけを動かしていた。王子様の自信を少し分けて欲しい。

「あれ」

握り慣れたグリップに巡《めぐ》り会って、おれは思わず歓声《かんせい》をあげた。

「これどうだろ、これならいけそう！　ちょっと奥さん聞いてくださいよ、これ金属バットと殆《ほとん》ど同じなんですけどッ」

もちろん重量は木製のバットどころか、マスコットバットよりもあるくらいだ。だがこの持ち慣れた太さと冷たさには抗《あらが》いがたい魅力《みりょく》がある。

「陛下それは……いかがなもんですかねえ」

しかしヴォルフラムもヨザックも、ヴィジュアル的に問題ありと言いたげだ。

「大きな声では言わないが、仮にもお前は魔王だぞ。高貴なる者の武器が棍棒《こんぼう》というのはどういう趣味《しゅみ》だ⁉　歴代魔王に申し訳がたたない！」

棍棒というより金棒だ。しかも表面にはイボイボつき。毎年節分の季節になると、鬼《おに》とセットで見られるやつだ。でも両手で握って前に翳《かざ》してみても、オープンスタンスで構えてみてもしっくりくる。試《ため》しに素振《すぶ》りをしてみたが、すっぽ抜けることもない。

「うん、いい感じだよ。見た目はこの際、二の次ってことで。日々の特訓に使いたい」

他《ほか》の二人が渋《しぶ》い顔なのに対し、村田だけが含《ふく》み笑いで楽しそうだ。

「いいんじゃないのー？　舟《ふね》の櫂《かい》で宿敵破った剣豪《けんごう》もいるし。何か奇跡《きせき》が起こるかも」

「奇跡！　起きてくれ。相当なミラクルに頼《たよ》らないと、正直勝てる気がしない」

やきもきしっぱなしの兵士に急《せ》かされて、おれたちは入場ゲートに向かった。滑《すべ》りやすい石の階段を登り、両開きの分厚い扉《とびら》に立つ。冷たい鉄の中央を思い切り押すと、隙間《すきま》から場内の熱さが雪崩《なだ》れ込んできた。

「うお」

慌てて背中で閉じる。

「どうしたユーリ？」

「ご、五万だ」

やばい。平日の西武ドームどころじゃない。人数も熱狂ぶりも敵愾心《てきがいしん》も、首位決戦の福岡ドーム並みだ。しかも全員むさ苦しい男。野次にも威力《いりょく》がありそうだ。

「……控《ひか》え室でもう一度、作戦会議を」

「何をいってるんだ、怖《お》じ気づいている暇《ひま》はないぞ」

「大丈夫《だいじょうぶ》だよ渋谷、客なんかジャガイモだと思えば」

「ジャガイモはあんな声ださねぇよ！」

「じゃあ陛下、モモミミドクウサギだと思やぁいいんですって。奴等《やつら》の鳴き声は破壊的《はかい》」

腰を振っているピンクのウサギの姿が、やたらと目の前をちらついた。

両脇《りょうわき》から魔族二人に抱《かか》えられて、おれはドアの前に連行された。村田が扉を開け放つ。鼓膜《こまく》が破れるかという音量と、数え切れない橙《だいだい》の光。至る所で松明が焚かれ、場内を昼間の如《ごと》く照らしている。時間的にはもうすっかり夜なのだと、そのとき初めて気が付いた。

入り口に続くブースに一歩踏《ふ》み出した途端《とたん》、熱い視線と冷たい空気に取り囲まれた。球場のベンチと同様に引っ込んでいる場所だから、客席からはあまり見えないはずだ。なのにこんな奥にまで、人々の目は敵を探して這《は》ってくる。

「渋谷、マスク」

ゴーグルだけを素早《すばや》く取り、キャップの上から銀に輝《かがや》く仮面を被《かぶ》る。三人一組の選手団のうち、一人は出場地域籍《せき》でなくてはならない。そうだ、此処《ここ》でのおれは渋谷有利ではなく、カロリアの領主にして代表選手のノーマン・ギルビットだ。

「寒いと思ったらドームじゃなかったんだな」

スタジアムには屋根がなかった。炎《ほのお》の届かない上空から、白いものが絶え間なく落ちてくる。もっとも闘技場に屋根というのも、激しく不似合いな気はするが。

観客の熱でも雪は融《と》かせないのか、グラウンドにもかなり積もっている。

おれは天の暗い場所を見上げた。

星が倍になったみたいだった。

「不思議だなぁ」

「んー？」

「雪に当たると風邪《かぜ》がよくなる気がするよ……そんなはずないのにな。寒風に当たったほうが調子いいなんて。悪くなりこそすれ、治るはずがないのにさ」

今まで悩《なや》まされていた後頭部の痛み、動悸《どうき》息切れ、吐《は》き気、悪寒《おかん》、関節痛、そういう鬱陶《うっとう》しい症状《しょうじょう》が、嘘《うそ》みたいに引いてゆく。

「やっぱおれ、前世はシロクマかな。白い獅子《しし》じゃなくて非常に残念」

「雪はどこの国にも平等だから」

意味深そうなことを呟《つぶや》いて、村田はおれの背に手を置いた。

「この雪には法術に従う属性がない。異なる大陸からずっと旅をしてきた雲だから、どの土地に降っても中立なんだ」

「……なにそれ、どういうこと？」

「ま、きみは犬型ってことかな」

炬燵《こたつ》で丸くなるよりは、喜び庭駆《か》け回るタイプってことか。

コロシアムは陸上競技場と同様に、巨大《きょだい》な楕円《だえん》になっていた。ぐるりと一周急斜面《きゅうしゃめん》の観客席があり、恐《おそ》らく北と思われる方向には同系色の建物が隣接《りんせつ》していた。管理事務所にしては立派すぎる。

「ホテルかな、ディズニーシーみたいに」

「さあ。神殿《しんでん》かもしれないよ？　戦士達の荒《あら》ぶる魂《たましい》を神に捧《ささ》げるって意味でさ」

死ぬのかよ⁉　縁起《えんぎ》でもない！

ちょうど真正面、つまりどこよりも遠い場所に、ホームチームのためのダグアウトがある。薄暗《うすぐら》いベンチにはまだ人影《ひとかげ》がなく、対戦相手の体格さえ確認《かくにん》できない。

「ちぇ、おれたちはあんなに急かされたのに、あっちは優雅《ゆうが》に遅《おく》れて登場か」

「待たされすぎて苛《いら》ついて、うっかり小次郎《こじろう》にならないようにしないとねー」

うっかり小次郎……大河ドラマというよりは水戸黄門《みとこうもん》に出演してそうだ。

おれたちを誘導《ゆうどう》してきた係員が、右手を上げて会話を制した。妙《みょう》に神妙な面持《おもも》ちだ。

「静かに！　陛下のお出ましである」

スタンドの客の七割くらいが一斉《いっせい》に立ち上がり、北に向かって姿勢を正す。例の建物の屋上から、煌《きら》めく箱がしずしずと降りてきた。管弦楽団《かんげんがくだん》が演奏を始め、場内はオトコゴエ合唱に満たされる。だが耳を凝《こ》らすと歌っているのは北側スタンドだけで、他《ほか》の連中は私語を慎《つつし》んでいるだけだった。どこの球場も同じようなものだ。

村田が短く囁《ささや》いた。

「真の脅威はこの国じゃないかもしれないな」

聞き取ろうとそばだてた耳は、兵士の漏《も》らした呟きを拾った。

「殿下《でんか》……？」

黄金《おうごん》のゴンドラで降りてきたのは、王様ではなく王子様だったらしい。多忙《たぼう》な親の代理だろうか、もしかして陛下がご病気だとか。大陸の半分を掌握《しょうあく》する大国といえど、悩みは抱えているらしい。

遠くて顔立ちは判《わか》らないが、王子様の素晴《すば》らしき衣装《いしょう》は堪能《たんのう》できた。

「こ……小林幸子《こばやしさちこ》……」

もしくは美川憲一《みかわけんいち》。

まさかこんな遠い異国で、紅白歌合戦が見られようとは思わなかった。白と黄と黄金の長い羽根が、殿下の全身を飾《かざ》っている。まるで人間サイズのダチョウ祭り。あまりの悪趣《あくしゅ》……派手さに目を奪《うば》われたままだ。ゴンドラはナンニャラ殿下を天覧席に残すと、来たときの数倍の速さで去っていった。

「あーあ、ゴンドラが飛んでいくよ」

「サイモン・アンド・ガーファンクルだねー」

「もうお前が何歳かは訊《き》かないことにした」

我ながら賢明《けんめい》な判断だ。

最低限のセレモニーが終わった頃《ころ》に、敵方にようやく動きがあった。松明《たいまつ》に照らされた手前の試合場に比べ、向こうのベンチはずっと暗い。そのせいで容貌《ようぼう》も性別も見えないが、背格好だけは見当がつく。

三人とも背が高い。三人とも肩幅《かたはば》が広い。三人とも脚《あし》が長い。三人とも理想的なスポーツマン体型。

「うちくしょー、どうせ三人とも男前なんだろうさ」

「なんでそんなことで泣くんだよ」

「まず間違《まちが》いなく顔ではこちらが勝っているぞ。グリエの件は差し引いて」

「あら失礼ね閣下、乳に関しては負けてないわよぉ」

「ああーなんかイロモノトリオな気がしてきたー」

劣等感《れっとうかん》てんこもりだ。試合開始前から心理戦で負けている。

真っ白な雪を踏みしめて、審判《しんぱん》らしき男が二人、中央に歩み出てきた。どちらも茶色の綺麗《きれい》な髪《かみ》をしている。典型的なシマロン兵だ。おれたちに向かって指を一本立ててみせる。第一試合開始の合図だろうか。

「そうだ、順番決めねーと。誰《だれ》が行く？　おれとしてはまず弱い奴《やつ》から当たって、相手を疲《つか》れさせる作戦もアリかと」

「お前は最後だ」

「陛下は最後です」

音は違えどまったく同じ意味。

村田が脳天気な例をあげた。

「ほら渋谷、スポーツ漫画《まんが》でよく読むじゃん。柔道《じゅうどう》とか剣道《けんどう》で、弱い先輩《せんぱい》はとりあえず大将に据《す》えとけっていう。前の強いやつがさっさと勝ち抜《ぬ》いちゃえば、大将戦までもつれずに済む」

「おれがワーストだってのは、もう決定事項《じこう》なわけね……」

「当然だ」

周知の事実だとしても、もう少し優《やさ》しく言ってくれてもよさそうなものだ。王様に対することの扱《あつか》い。魔族《まぞく》は本当に合理主義だ。

「向こうの実力を計る意味でも、ここはオレが適任で……」

「ぼくが行く」

断言されて、皆黙《みなだま》った。

「万に一つでもぼくがしくじったら、次がグリエだ。ユーリまでは回さない」

「……いいでしょう」

ヨザックが薄く笑って頷《うなず》いた。おれの意見など求められもしない。けれど自分が蚊帳《かや》の外だったことよりも、ヴォルフラムの言葉のほうが気にかかった。

万に一つでもしくじったら。

敗北の可能性を考えるなんて、これまでの彼からは想像もできない。かといって眼前の敵に怯《おび》えるわけでもなく、いつもどおりに自信満々だ。傲慢《ごうまん》不敵な三男坊《ぼう》に、誰が謙虚《けんきょ》さを教えたのだろう。

「ヴォルフ」

おれは壁《かべ》に立て掛《か》けてあった剣を摑《つか》んだ。彼の選んだ武器は見た目よりもずっと重く、柄《つか》も太くて握《にぎ》りにくい。

「おや、王自らが」

「茶化すなよ。こんな重くて大丈夫《だいじょうぶ》なのか？」

「重い？　自分のものに一番近い型を選んだつもりだが」

おれの手から慎重《しんちょう》に受け取ると、フォンビーレフェルト卿《きょう》は銀に輝《かがや》く剣を抜き放った。左手に残った飾り気のない茶色の鞘《さや》を、躊躇《ちゅうちょ》なくおれの胸に押しつける。

「これは陛下に」

「なん……」

「気にするな。単なる気合いの問題だ」

雪のグラウンドに出るために、片足を軽く段にかけた。ざわめきがすぐに歓声《かんせい》の渦《うず》となり、ボルテージが一気に上昇《じょうしょう》する。敵方の先鋒《せんぽう》も姿を現した。遠目で美醜《びしゅう》は判らないが、やはり片足を段にかけたまま、口に何かをくわえている。

「ありゃ、髪を後ろで縛《しば》ってるよ。ラーメン屋でよく見る光景だよねー」

村田は長閑《のどか》な感想を述べているが、おれはそんなに悠長《ゆうちょう》ではいられない。男は黄色と茶色の軍服姿で、ごく普通《ふつう》のシマロン兵という出《い》で立ちだ。だが問題は股《もも》の脇《わき》、両側に帯びている特《とく》殊《しゅ》な刀だ。

「二刀流だ！」

弧《こ》を描《えが》く独特の形をしている。長さも殆《ほとん》ど同じに見えた。渡《わた》された鞘を胸に抱《かか》えたままで、おれはヴォルフラムの袖《そで》を引っ張った。声は見事に裏返っている。

「まずいぞ武蔵《むさし》だ、武蔵だよ！　敵は日本放送協会を味方につけてるぞ!?」

「何の話だ」

「なあやっぱヨザック先のほうが良くないか？　だってあっち二刀流で強そうだしっ、お前はその——……一度、おれとさ……引き分けちゃっているわけだし」

またその話かと言いたげに、眉《まゆ》を顰《ひそ》めて顎《あご》を上げた。

「お前とああいう勝負をしているから、ぼくの腕《うで》に不安があるというんだな」

「いやそういうっ、そういうわけじゃ……」

「ぼくがあのとき、まったく手加減をしなかったと思っているのか？」

「う」

それは本人にしか判らないことだ。確かに、おれは初心者だし、当時は非常に珍《めずら》しい双黒《そうこく》の人間だった。怪我《けが》をさせたら大事になるから、手心を加えてくれたのかもしれない。

「教えてやる」

彼は翠《みどり》の瞳《ひとみ》を僅《わず》かに細めた。美少年らしからぬ笑《え》みを見せる。

「手加減はしていなかった。あれは確かにお前の勝ちだ。実戦で使うような効果的で汚《きたな》い技《わざ》は、敢《あ》えて自粛《じしゅく》していたつもりだが。心配するな、もちろん今はそんな親切なことをする気はない。相手に敬意を表する理由など、どこにも見あたらないからな」

顔を近づけてそれだけ告げ、ヴォルフラムはこちらに背中を向けた。おれはというといきなり「勝ち」を認められて、不意打ちをくらったような気分だ。

「……なんだよ……なんだよ急に」

「置けば？　それ」

村田が鞘を指差している。

「言ったろ？　フォンビーレフェルト卿は弱くなんかないって」

「でも敵は二刀流だぞ⁉　やっぱ心配だよ」

「バットを二本持ったからって、必ずしもホームラン打てるわけじゃないだろ。数撃《かずう》ちゃ当たるのは飛び道具の場合。少しは彼を信頼《しんらい》しなって。それより鞘、置いたらいいのに」

「……いや、いいよ」

預かり物を地面に下ろす気にもなれず、おれは呆然《ぼうぜん》とヴォルフラムの背中を見送った。向こうのベンチから出てきた大シマロン兵も、殆ど同時にスタジアムの中央に達する。ふと誰かの視線に曝《さら》されたような気がして、皮膚《ひふ》の神経が緊張《きんちょう》した。

北側スタンドのどこかから、敵対心のない温かい眼《め》を感じる。

「気のせいかな。なんか知ってる人のような。客の中に友達がいるわけねーし」

「きみかフォンビーレフェルト卿にときめいてる若くて可愛《かわい》いシマロンの乙女《おとめ》がいるんじゃないの？」

「だったら嬉《うれ》しいねえ。でもフリンが言ってたろ、テンカブは女人《によにん》禁制」

「あ、そうか。じゃあ渋《しぶ》くて厳《いか》ついシマロン男かな」

「嬉しくねえよ」

花束抱えた長髪マッスルを想像して、頭の中がプロレス中継になってしまった。

11

怪《あや》しい探検隊、シマロンを行く。

「怪しいというより胡散臭《うさんくさ》いですよね、自分ら」

「むう……海の勇者、海戦の闘将《とうしょう》、海坊主《うみぼうず》恐《おそ》るべしとまで呼ばれたこの私が、こんな異国の陸上で、こそ泥行為《どろこうい》とは。とほほー」

「何言ってんスかサイズモア艦長《かんちょう》。こそ泥じゃなくて潜入《せんにゅう》工作ですよ、潜入工作。綺麗《きれい》で立派な任務じゃないですかぁ。自分なんか昔は赤い悪魔《あくま》の実験台までやってたんですよ、魔族も落ちるところまで落ちれば、大抵《たいてい》のことは平気になっちゃうもんスよう」

先頭を歩いていた銀の髪《かみ》の女が、ダカスコスとサイズモアを振《ふ》り返る。

「しっ！　見回りよ。いい？　いくわよ。声を合わせて」

怒《おこ》ったような顔の巡回《じゅんかい》兵士とすれ違《ちが》う。

「毎度ー、飲物屋でーす！　貴賓室《きひんしつ》のお客様に、冷たい飲物をお届けに参りまーす」

彼等は薄緑《うすみどり》の布で覆《おお》われた箱を持ち、大シマロン王都ランベールの神殿《しんでん》を歩いていた。隣接《りんせつ》した巨大《きょだい》な闘技場では、今まさに知・速・技・総合競技、勝ち抜《ぬ》き！　天下一武闘会《ぶとうかい》の最終部門、つまり決勝戦が行われている。熱狂《ねっきょう》する観客の叫《さけ》び声は、煉瓦《れんが》造りの建物の中まで届いていた。

「……よかった、怪しまれなかったみたいだわ。大きさが保冷箱と同じなのね、きっと」

箱は小型の棺桶《かんおけ》程度。男二人で充分《じゅうぶん》運べる大きさだ。調べられたときの対策として、中には本当に葡萄酒《ぶどうしゅ》の瓶《びん》が詰《つ》めてある。高級な物から庶民《しょみん》の手軽な嗜好品《しこうひん》まで、金に糸目をつけない作戦だ。

「それにしても私とダカスコスはともかく、フリン殿《どの》まで飲物屋に化けさせてしまうなんて。カロリアの奥方様ともあろうお方に、こんな作業衣を着させて申し訳ない」

「いいのよ。船に居ろって言われたのに、無理やりついてきたんですもの。それに私は元々貴族のお姫様《ひめ》じゃないわ。平原組のじゃじゃ羊娘《むすめ》だったのだから、裾《すそ》を踏《ふ》みそうな豪華《ごうか》な服よりも、こちらのほうがずっと動きやすい」

フリン・ギルビットが兵隊養成組織・平原組のお嬢《じょう》さんだったお陰《かげ》で、神殿への潜入はかなり容易に果たされた。大陸全土に広がる兵士の中には、平原組で鍛《きた》えられた者達が大勢いる。この建造物の衛兵も例外ではなく、アフロに育てられた中年兵士だった。

飲料配達業にまで身をやつしたフリンを見ると、何の疑いもなく通してくれた。泥団子スープの涙《なみだ》の味を一瞬《いっしゅん》にして思い出したのだろう。

「それにしても、猊下《げいか》も困難なことをお命じになる。あの『箱』を模造品とすり替《か》えてこいな

ど と……船上でヨザックが作っておったのは、この模造品だったのだな」

磨《みが》き上げられた床《ゆか》に箱を置き、サイズモアは思い切り腰《こし》を伸《の》ばした。ダカスコスは頭を覆っていた布を取り、額の汗《あせ》を拳《こぶし》で拭《ぬぐ》う。

「ですねえ。んでも猊下は陛下が優勝しないと予想されてるんスかね。そのほうが堅実《けんじつ》といえば堅実ですが、自分としちゃあカロリア優勝一点買いだな。当たれば夢のような配当だし、お三人の中にヨザックさんがいる以上、無いとは言い切れない目ですよ」

「うーむ、グリエといえば数少ないアルノルド還《がえ》り、ルッテンベルク師団でも一二を争う使い手であるしな」

「ね？　陛下と閣下のお手を煩《わずら》わすまでもなく、ヨザックさん一人で敵方三人抜いちまいそうでしょ？」

敬称《けいしょう》や地名の連発に、フリンだけが一人で困っていた。知りたいような知りたくないような、確信を持ちたいような、うやむやにしておきたいような。とうとう我慢《がまん》が限界に達し、男二人の会話を遮《さえぎ》る。

「待って。このままだとユー……ええとクルーソー大佐《たいさ》とロビンソンさんの氏素性《うじすじょう》が、私に全部筒抜《つつぬ》けになってしまうのだけど。あの人達それは了承《りょうしょう》しているのかしら」

返ってきたのは、まだ気付いていなかったの⁉　という驚《おどろ》きの眼だった。彼女だって薄々勘《かん》づいてはいる。けれど本人からはっきりと聞かされない以上は、知らないことにしておくのが礼儀《れいぎ》ではなかろうか。それに……。結《ゆ》い上げていた髪が一房《ひとふさ》落ちてきた。人差し指で弄《もてあそ》ぶ。

　この人達は、私がどんな恐ろしいことをしたか、まだ知らない。フリン・ギルビットがどれほど身勝手で、冷酷《れいこく》な女か気付いていない。

「私みたいな女の前で、母国の話や大切な方の話をしては駄目《だめ》よ。あとでどんなことになるか判《わか》らないわ。秘密を売るかもしれないでしょう」

　自分は、カロリアを取り戻《もど》すためならどんなことでもする。海を、港を、土地を、人々を、夫と自分の愛した小さな世界を取り戻すためなら、あえて神にも背《そむ》くだろう。これまでもずっとそうだった。今さら善人には戻れない。戻りたいと望んでも。

　死にたくなるほど後悔《こうかい》しても。

「なにを悪女ぶってるんですかフリンさん。サイズモア艦長は違いますが、自分はしがない雑用兵ですよ。聞かれて困るような重要事項《じこう》は自分のとこまで回ってきませんて」

「雑用兵？」

「いえまあそういう部署があるわけじゃないんスけど、やってることが雑用ばっかの下っ端《ぱ》兵士なもんで」

「なのにクルーソー大佐とあんなに親しいの？」

　ついつい以前の癖《くせ》がでて、ダカスコスは頭部に手をやった。当然そこに髪はない。つるりと肌《はだ》を撫《な》で上げる。

「あー、陛下は、っと今はクルーソー大佐と名乗ってらっしゃるんで？　大佐は特別ですよ。あの方は将校だろうと下っ端だろうと関係なしだ。あの方は……誰《だれ》とでも気さくにお話しになる、どんな相手とでもすぐに親しくなる。身分なんかお気になさらない。いつでも皆《みな》と一緒《いっしょ》なんです。自分らと同じ高さに立たれてる。対等の存在として見てくれるんですよ。不思議な御《お》方《かた》だ。実に不思議な方なんです」

頭頂部の薄毛《うすげ》が見えるのも厭《いと》わず、サイズモアが大きく頷《うなず》いている。

「地位や身分の高い方々にも、あんな素晴《すば》らしい方がいらっしゃるんですね。貴族や王族の方々って、みんなもっと威張《いば》り散らしてるもんだと思ってましたよ。陛下には本当にかないませんやね。あの方は本当に特別です」

「そうなの」

「その陛……おおっと大佐がね、大佐が親しくおつき合いされてるご婦人なんですから、フリンさんが悪い人のはずないじゃないスか」

ダカスコスは照れたように眉《まゆ》を下げ、境界線が判別できない生え際《ぎわ》まで赤くなった。サイズモアは剃《そ》り上げられた頭皮を見詰め、羨《うらや》ましそうに溜《た》め息をつく。

「楽ちんそうであるな、その髪型《かみがた》は」

「これですか？　いいですよ楽ですよー？　艦長も思い切っていかがです？　毛髪《もうはつ》量を気に病《や》まずに済むし、男ぶりも案外あがります。顔のついでにつりゅんと洗えて経済的だし。何より女房《にょうぼう》の罵《ののし》り文句が『このハゲ！』以外はなくなりますぜ」

声をあげて笑うダカスコスにつられ、フリンは頰《ほお》を緩《ゆる》ませる。

「私が悪い人間じゃないだなんて……」

こんな罰《ばつ》が与《あた》えられようとは思わなかった。憎《にく》まれ嘲《あざけ》られ蔑《さげす》まれるはずだったのに。そうされることを承知の上で、自分は魔族の貴人を敵国に売り渡《わた》そうとしたのに。

「……そんな苦しいことを言って」

「どうされました、フリン殿」

大柄《おおがら》な海の男のサイズモアが、腰を屈《かが》めて覗《のぞ》き込む。フリン・ギルビットは一度ぎゅっと目を瞑《つぶ》り、それからゆっくりと顔を上げた。

「いいえ、いいの。なんでもないわ。早く目的の部屋を探しだして、これを本物とすり替えましょう。私達がうまく『風の終わり』を手に入れたら、きっと大佐も驚くわ。彼がどんな顔するか今から楽しみよ、ね？」

自らの弱った心に言い聞かせるよう、彼女は殊更《ことさら》明るく言った。男二人が模造品を持ち上げて、再び石の道を歩きだす。箱が本当に神殿にあるとしたら、もっと警備が厳重な最奥《さいおう》部だろう。運良く目的地を探《さぐ》り当てたとしても、部屋に侵入《しんにゅう》できるかは判らない。だが、誰も諦《あきら》めようとは口にしなかった。

三度目の階段を登りきると、これまでとは明らかに異なる空間に入った。磨き込まれた石だった床面が、毛足の長い黄土の絨毯《じゆうたん》に変わっている。足の裏が沈《しず》むような心地《ここち》よさだ。疲《つか》れた膝《ひざ》が崩《くず》れかかる。五つの豪華な扉《とびら》のうち、二つは開け放たれていた。部屋の片側は全面が硝子《ガラス》張りで、居ながらにして闘技場《とうぎじよう》全体を見渡すことができる。

「これは見事だ！」

「どうやら本当に貴賓《きひん》席に来ちゃったみたいですよ。飲物屋の信頼度《しんらいど》は抜群《ばつぐん》なんだなあ」

フリンは窓際に駆《か》け寄ると、震《ふる》える指で硝子に触《ふ》れた。下を見るのが恐《おそ》ろしい。

もしも受け入れがたい悲劇が起こっていたら？

「あ、艦長《かんちよう》、フリンさん、閣下ですよ閣下！　一回戦が終わったとこですかね。大変だ、立てない。脚《あし》をやられたのかも。ああこーいうときに軍曹殿《ぐんそうどの》がいればなあ」

「大佐がいないわ」

「あそこの窪《くぼ》みにチラッと見えますよ。選手の待機場所じゃないスかね」

「よかっ……」

「こんな処《ところ》にまで害虫どもが入り込んでいようとは！」

安堵《あんど》の息をつき終える前に、背後から聞き覚えのある声がした。

窓際にいた二人よりも先に、海の勇者サイズモアが行動していた。最短距離《きょり》で敵に駆け寄り、薄い剣《けん》の切っ先を胸に向ける。

だが、相手はもっと早かった。入り口から一歩も動くことなく、銀の光で宙に波を描《えが》く。指先から放たれた煌《きら》めく糸は、離《はな》れた目標を過《あやま》たず捕《と》らえた。

「く……」

フリンが苦しい息を吐《は》き、指が白い喉《のど》を引っ掻《か》いた。爪《つめ》の先で糸を探ろうとするが、皮膚《ひふ》に食い込んで摑《つか》めない。ようやく振《ふ》り返ったダカスコスが、倒《たお》れかかるフリンを支えようとする。

「動くな！　動けば女の首が飛ぶぞ」

中腰《ちゅうごし》に剣を構えたまま、サイズモアも迂闊《うかつ》に動けない。

「剣を鞘《さや》に。ゆっくりと足下《あしもと》に置け。でないとご婦人が苦しむことになる。見たくはないだろう？　女性の醜《みにく》い死に方を。醜く、汚《きたな》い死に姿をな」

「……マキ、シーン……何故《なぜ》ここ、に」

フリンが苦しい息の下で、冷酷な男の名を吐きだす。ナイジェル・ワイズ・マキシーンは慎《しん》重《ちょう》に部屋に入り、彼女との距離を徐々《じょじょ》に詰《つ》めた。

「何故？　それはこちらが伺《うかが》いたい。どこかで目にした銀の髪だと思えば、かの高名なカロリアの奥方様ではないか。被災《ひさい》した土地では民衆が喘《あえ》いでいるというのに、領主の妻女が飲物売りで小銭稼《かせ》ぎ、しかも隙《すき》をみて武闘会観戦とは、民《たみ》もさぞや嘆《なげ》き呆《あき》れることであろうな」

フリンが口を大きく開き、奪《うば》われた酸素を取り戻そうとした。マキシーンが糸を僅《わず》かに引き絞《しぼ》ると、首から上がたちまち朱《しゅ》に染まった。男は彼女の顎《あご》に親指をかけ、後ろから押さえて仰《の》け反らせる。

「ど、したのかし、ら……その、形《な》りは……っ」

途切《とぎ》れ途切れに絞りだす言葉には、嘲る調子が聞き取れる。命を握《にぎ》っている相手に対し、フリンは気丈《きじよう》にも屈《くっ》しない。

平素の彼からは想像もつかないほど、マキシーンはくたびれ果てていた。小シマロン軍隊公式の髪は解《ほぐ》れ、傷の残る痩《や》せた頬に貼《は》り付いている。数カ所が擦《す》り切れた軍服には、ところどころ血が滲《にじ》んでいる。鋭利《えいり》な凶器《きょうき》という印象は焦《あせ》りと疲労《ひろう》で薄れていた。話し方にも威圧感《いあっかん》が不足して、老人のような嗄《か》れ声だ。

「どうしただと？　しらを切るな！　奥方、いやフリン・ギルビット。貴様の連れの、あの忌々《いまいま》しい魔族《まぞく》のお陰《かげ》だよ。どこぞの餓鬼《がき》のような顔をしてからに、奴《やつ》にはすっかり騙《だま》された」

「おい！　口の利《き》き方に気をつけることだ。陛下を貶《おとし》める発言は、月も星もお天道《てんとう》様も私も許さぬ。おぬし如《ごと》きを斬《き》るに躊躇《ちゆうちよ》はないぞ。普段《ふだん》なら、気は優《やさ》しくて力持ちであるがな」

「艦長、自分で言ったら意味ないです……」

マキシーンは左手でフリンの腕《うで》をねじ上げ、喘ぐ顔を厚い硝子に押しつけた。怒《いか》りが限界を超《こ》えたのか、普段の冷静さも欠いている。

「一体どこであんな魔族を手に入れた、ええ!?　ご自慢《じまん》の美貌《びぼう》でたらし込んだのか!?　あの野《や》郎《ろう》、こっちがせっかく引き入れた神族を唆《そそのか》して、馬車まで奪い取っていった。くそ、思い出すだけで腹が立つッ」

「……放し……っ」

「ようやっと闘技場まで辿り着いてみれば、カロリア風情《ふぜい》が大シマロンと決勝だと⁉　笑わせるな！　ちんけな商港しか持たぬような、南の僻地《へきち》の小国が。お前等ごときに勝負などさせてやるものか。おい、そこのハゲ！」

「なんだヒゲ！」

ナイジェル・ワイズ・マキシーンは、刈り込み顎髭で布の掛《か》かった箱を示した。

グラウンドレベルでは予想外のことが起こっていた。

もちろん、フォンビーレフェルト卿《きょう》の実力を疑っていたわけではない。だから彼が危なげなく二刀流を避《よ》け、わずか五分程度で敵の喉に剣先を突《つ》きつけたからといって、腰を抜《ぬ》かしてベンチに座り込んだりはしなかった。決して。ええもう決して。ちょっと、やや、少しばかり驚《おどろ》いたけど。手に握っていた汗《あせ》が乾《かわ》いちゃったけど。

シマロン側の熱狂《ねっきょう》的な応援団《おうえんだん》（ようするに客席全部）は、あまりにもあっけない幕切れに激《げき》怒《ど》した。カップや紙くず、菓子袋《かしぶくろ》に座布団《ざぶとん》もどきまで、あらゆるゴミが雪の上に投げ込まれていた。つまり、予想と期待を裏切られたのは、おれたちではなく大シマロン側だったのだ。

「マナー悪《わり》ィなあ」

判官贔屓《ほうがんびいき》なんて考えは、シマロンでは通用しないらしい。

体格的な不利をも覆《くつがえ》し、完全勝利をおさめたフォンビーレフェルト卿は、抜き身の剣を担《かつ》いで鼻息荒《あら》く、意気揚々《ようよう》とダグアウトまで還《かえ》って来……。

「うわーヴォルフっ！」

途中で、彼は派手に転んだ。踏《ふ》み締《し》められて固くなった雪で足を滑《すべ》らせ、腰と右脚《みぎあし》を強《したた》かに打った。

「なにコケてんだよっ⁉　大丈夫《だいじょうぶ》か」

おれとヨザックは慌《あわ》てて途中まで迎《むか》えに出て、ヴォルフラムを両脇《りょうわき》から持ち上げる。気の毒に、自力では歩けないようだ。呆然《ぼうぜん》と天を仰《あお》いでいる。

「……く、屈辱《くつじょく》……」

「平気だよ気にすんな、気にすんなって。最後のワンシーンは見なかったことにしてくれるって。今んとこ女の子のハートはお前に釘付《くぎづ》けだってば」

「人間の女になど釘付けされても嬉《うれ》しくない」

「大丈夫ですよ閣下、場内は女人《にょにん》禁制だから。惚《ほ》れるのは男臭《くさ》い野郎どもばっかよん」

「また追い討《う》ちかけるようなことを」

スタジアムに轟《とどろ》くどす黒い歓声《かんせい》。あまりファンに欲しいタイプではない。座ってからも美少年魔族は痛みに顔をしかめ、頻《しき》りに腰をさすっている。少しでも動くとひびくようだ。

「ちょっと挑戦《ちょうせん》してみようか、おれのなんちゃって治癒《ちゆ》能力」

「やめろ試合前に。無駄《むだ》に消耗《しょうもう》するな。どんな突発事項《とっぱつじこう》が待ってるか判《わか》らないんだぞ」

怒《おこ》られた。それでも先手を取った安心感からか、ベンチ内のムードは悪くはない。

ところが、予想外の展開には続きがあったのだ。

指双眼鏡《そうがんきょう》を意味なく目に当てて、向こうのベンチを窺《うかが》っていた村田健が、いきなり頓狂《とんきょう》な声をあげた。

「あっりゃーぁん？」

「どうした村田、珍妙《ちんみょう》な声だしちゃって」

「……どうやら先様が二回戦に送り出すのは、僕等と顔見知りの男みたいだよ」

「顔見知り？　まさかマキシーン？　そんな馬鹿《ばか》な。あいつは競技続行不可能だろ。いや待てよ双子《ふたご》の弟がいるってのもありかもしれない」

久々に目にする新巻鮭《あらまきざけ》型の武器を杖《つえ》にして、敵の次鋒《じほう》が姿を現した。ごついが上等な革《かわ》の軍《ぐん》靴《か》が、積もった雪の白い部分を踏み締める。

松明《たいまつ》の炎《ほのお》で眩《まぶ》しい金髪《きんぱつ》と、少々左に傾《かたむ》いてはいるが、高く立派な鷲鼻《わしばな》。白人美形マッチョにありがちな、レントゲン写真でも割れてる顎。肩幅《かたはば》、胸板《むないた》、男の世界。ミスター・デンバー・ブロンコス。こっちが動揺してる間に、向こうが声を掛けてきた。

「よう。どうした、へなちょこ陛下。羊が生肉喰《く》らったような顔をして」

ご丁寧《ていねい》な挨拶《あいさつ》だ。

「なん、で、こんなとこにアメフトマッチョが⁉　そんでもって羊に生肉ってどういう顔だ」

ヴォルフラムが座ったまま伸び上がろうとし、腰の痛みのせいで失敗した。アーダルベルト・フォングランツは、闘技場《とうぎじょう》の中央に仁王立《におうだ》ちだ。新鮮《しんせん》な太刀魚《たちうお》みたいな剣《けん》を雪に突き刺《さ》し、右肘《みぎひじ》で柄《つか》に凭《もた》れている。おれがこの世界に初めて来たとき魂《たましい》の襞《ひだ》とやらを弄《いじく》って、言葉の記憶《きおく》を引きずり出した男。反魔族の危険思想を隠《かく》しもせず、同胞《どうほう》を平然と裏切った男だ。

ようやく敵の姿を確認したヴォルフラムが、驚きと怒りの混ざった声をあげた。

「アーダルベルト！　あいつがどうして大シマロンに⁉」

突然、乾いた笑い声が響《ひび》いた。長い斧《おの》を手にしたヨザックが、オレンジの髪を振り乱すほど可笑《おか》しがっている。

「傑作《けっさく》だ、グランツの若大将。由緒《ゆいしょ》正しい名家の純血魔族サマが、よりによってシマロンの軍門にくだるとは！」

「何のために？　どうしてシマロンなんかに……」

あの男は魔族を憎んでいる。それは知っている。だがシマロンと手を組むほど、人間を信用しているとも思えない。おれの困惑を察してか、ヨザックがまだ笑いの残る口調で言った。

「恐《おそ》らく陛下の出場を、どっかで小耳に挟《はさ》んだんでしょうよ。代表に決まってた戦士をぶっ倒《たお》すくらい、グランツの旦那《だんな》なら片手仕事だ。そんな面倒《めんどう》なことをしてまで、陛下をどうにかしたいらしい。厄介《やっかい》なのに狙《ねら》われちゃいましたね、奴の執着《しゅうちゃく》は凄《すご》いんだから」

「どど、どうにかって。すす、凄いって」

五万以上の大観衆が見守るスタジアムで、宿敵をこてんぱんに伸《の》したいのだろうか。一回裏の攻撃《こうげき》でスタメン全員安打とか、打者三人連続ホームランとか？　嫌《いや》な思い出が甦《よみがえ》ってきた。

どうやって痛みを堪《こら》えたのか、ヴォルフラムがベンチから腰を浮《う》かす。

「ぼくが」

「いーや坊《ぼっ》ちゃん、そりゃあ了解《りょうかい》できませんね」

だが、ヨザックが指一本で肩を押すと、顔をしかめて動けなくなってしまう。

「奴とはオレがやります。こんな機会は滅多《めった》にない」

そう広くないダグアウト内で、彼は武器を二回ふり下ろした。喋《しゃべ》る言葉には楽しげな調子が含《ふく》まれているのに、瞳《ひとみ》の奥は零《れい》コンマ一ミリも笑っていない。

「純血魔族の選良民がシマロン代表だってんなら、魔族代表は絶対にオレでなきゃね。十二までここの荒《あ》れ地で転がってた、そこらの人間の子供でなくては。オレたちは忠誠心の欠片《かけら》もないそうだから、この機会に派手に斬り合って、血の色をきちんと見といてもらわないと」

「待った、待ったヨザック、おれはあんたの気持ちを疑ったりしてないよっ」

「そんなこたぁとっくに存じてます。けど、行くならオレでしょ、陛下」

当初の順番はそう決まっていた。ただし、勝ち抜き！　天下一武闘会《ぶとうかい》なのだから、先鋒戦を制したヴォルフラムが引き続き戦っても規定違反《いはん》ではない。だが彼の腰の様子を見ると、ゴーサインは出せない。なにしろ相手はアメフトマッチョだ。

「カロリア側、急ぐように」

よく似た二人の審判《しんぱん》が、同じトーンで急《せ》かしてきた。アーダルベルトは重量級の剣に寄り掛かったまま、おれが狼狽《うろた》える様を眺《なが》めている。三男は胸の前で腕《うで》を組み、黙ってベンチに座っていた。武人としての意地なのか、痛そうな素振《そぶ》りは見せていない。ヨザックはやる気満々だ。逸《はや》る気持ちを抑《おさ》えきれず、両肩《りょうかた》を勢いよく回している。

「ごめんヴォルフ。お前が強いのは判ったけどさ、今回はやっぱヨザックに行ってもらうわ」

「ふん」

「怒《おこ》るなよ。また本調子のときにでも、再戦申し込めばいいじゃないか」

「ぼくは別に奴《やつ》と闘《たたか》いたいわけじゃない」

「え？　前に悔《くや》しい目に遭《あ》ってるから、因縁《いんねん》の勝負にけりをつけたいんだと思ったら……じゃあ何故《なぜ》、自分が行くなんて志願したんだよ。あらぬ誤解をしちゃったじゃないか」

会場中が一斉《いっせい》に沸《わ》いて、大物二人の試合開始が告げられた。ヴォルフラムは腕組みをしたままで、できるだけ感情を排《はい》して言った。湖底を思わせるエメラルドグリーンの瞳が、真《ま》っ直《す》ぐにチームメイトを見詰《みつ》めている。

「掛《か》け値なしに判断して、グリエとアーダルベルトの実力は互角《ごかく》だと思う。だからこそぼくが先に行き、相手を消耗させるのが賢明《けんめい》かと思ったんだ」

誰がいつ彼にフォア・ザ・チームを訴《うった》えたのか。おれが渡《わた》した鞘《さや》に剣を収めながら、わがままプーだった美少年は淡々《たんたん》と語っている。

「勝ちが獲《と》れるという保証は少なくとも、グランツをいくらか疲《つか》れさせ、苛立《いらだ》たせることは可能だろう。その間にグリエが平静さを取り戻《もど》せるし、敵に余分な体力を使わせれば、こちらも楽に渡り合えると……何をしているユーリ、額から手を離せ」

「んー、いやあちょっと熱でもあるんかなと……」

ベンチの入り口の扉《とびら》から、十代の少年が顔をのぞかせた。赤土色の髪《かみ》はかなり短い。明らかにシマロン兵士ではなく、球場係員見習いだ。黙《だま》り込んでいた村田健が、勢いをつけて壁《かべ》から離れた。少年の所まで歩いていき、二、三言話してから預かり物を受け取る。

「それ、いいチームプレイだね、フォンビーレフェルト卿《きょう》。でも事態はもっと深刻な状況《じょうきょう》になりそうだよ」

眼鏡《めがね》をかけていない瞳が、コンタクトの奥で黒く輝《かがや》く。ワインボトルを片手で摑《つか》み、おれに差しだした。濃茶《こいちゃ》の瓶《びん》に深紅《しんく》のラベル。余白には太く大きな文字で、短い文章が書かれていた。

「読んでくれ。ただでさえカリグラフィーみたいで読みづらいけど」

「だからぁ、文字読むの苦手なんだって。なんですかー？　んー、上を見ろ……おん、女をー……死なせ、たくなかったら……負けろ……誰かに知れたらこの女を殺……これ脅迫《きょうはく》⁉　でも女って誰よ。なんだこりゃ、配達間違《まちが》いだ。さっきの少年摑まえないと。まだそう遠くには行ってないはずだから。おーい」

慌《あわ》てて入り口から首を出し、廊下《ろうか》の左右を見渡した。だが村田は思いのほか深刻な表情で、おれの服の背中を引っ張った。

「渋谷、間違いじゃないかもしれないよ。サイズモア艦長《かんちょう》とダカスコスが、もうそろそろ到《とう》着《ちゃく》してるはずだ。もしそこにフリンがついて来ていたら……」

「はあ、なんでフリンが⁉　船で待ってろって言ったじゃん」

「でも彼女は、黙って待ってるような人かな。カロリアの名誉《めいよ》がかかってるんだぞ」

ほんの二秒くらいの間にフリン・ギルビットのこれまでの行動が頭を過《よ》ぎった。他人の人生を走馬《そうま》燈《とう》だ。

結論。来そう。

「あああヤバイよヤバイって！　上を見ろって、上ってどこだ？」

おれたちはベンチから飛び出して、雪の降りしきる黒い空を見上げた。雲の奥には月が、ぼんやりと浮かんでいる。

「あそこだッ」

村田が先に見つけた。神殿《しんでん》説が有力だった建物だ。三階以上は窓が極端《きょくたん》に大きく、何組かの優雅《ゆうが》な金持ち客が、硝子越《ガラスご》しに観戦しているのが見えた。VIP席ということか。恐らくバーかラウンジか、もっと贅沢《ぜいたく》な個室になっているのだろう。その中の一室の窓際《まどぎわ》に、ワインボトルを届けた相手が陣取《じんど》っていた。

「ああっフリン！　船に居ろって言っただろうがーっ」

案の定、内緒《ないしょ》で併走班に潜《もぐ》り込んでいたらしい。遠目ではっきりとは判断できないが、喉《のど》を押さえて仰《の》け反っている。かなりつらそうだ。硝子に押し付けられたフリンの背後には、見慣れた髪と髭《ひげ》の男がいる。ナイジェル・ワイズ・悪党・マキシーンだ。

「あいつなんで……あんなとこに。まずいぞ村田、死なせたくなかったら負けろって言ってるんだよな？」

「そう」

おれは視線をグラウンドに戻した。アーダルベルトの新巻鮭剣《あらまきざけけん》を、うちの選手が斧で右に払《はら》う。柄《え》を地面に垂直に跳《は》ね上げて、敵の顎《あご》すれすれを掠《かす》めた。ヨザックの長斧の使い方には、棒術みたいな優雅《ゆうが》さがある。彼は全身全霊《ぜんれい》をかけて試合中だ。

勝負を楽しんでいるようにも見えた。

「マキシーンとアメフトマッチョがグルってことか。そういやあの二人、フリンの館《やかた》では連《つる》んでたし。なんか怪《あや》しいと思ったら……不適切な関係だったのでしょうか」

腰痛で登録抹消《まっしょう》中のヴォルフラムが、怪訝《けげん》そうに眉《まゆ》を顰《ひそ》める。

「アーダルベルトは我々魔族《まぞく》を裏切った男だが、そこまで卑怯《ひきょう》な手を使うとは思えない」

「いずれにせよ試合を止めなきゃならないよ。おーい審判、おーい！」

「渋谷！　審判に抗議《こうぎ》なんかして、まさか脅迫されてることを話すんじゃないだろうな」

「え、それを報告するのもNGか……くそっ、じゃあどうすりゃいいんってんだ！　どうしたら周囲に怪しまれずに、わざと負けるなんてことが……」

　グリエ・ヨザックの実力の程《ほど》は、おれたち全員が知っている。彼ほどの腕とセンスがあれば、審判と観客の目を欺《あざむ》いて、故意に試合を落とすことも可能だろう。どうにかヨザックを説得して、それらしく持っていってもらうしかない。だがベンチを出ていく前の彼を見ていると、負けてくれとは告げづらい。

　ヴォルフラムがおれの首筋を摑み、俯《うつむ》きがちな顔を正面に向けた。

「いいかユーリ、聞いておけ。これがぼくの意見だ。あんな女のために勝負を投げ出すことはない。グリエに存分にやらせるべきだ！　どうだ？」

「……お前らしいよ」

「だろうな。更《さら》にこれもぼくの意見だ。どうせお前はへなちょこだから、ぼくの言葉どおりになど動かないだろう」

　おれは心の中で誰《だれ》かに詫《わ》びた。たとえ一時的なこととはいえ、悪意の脅迫者に屈《くっ》する我等のチームをお許しください。多分、スポーツマンシップの神様だ。続いて逆襲《ぎゃくしゅう》とばかりにヴォルフラムの首に手を回し、ぐっと引き寄せて彼にも詫びた。

「ごめん、おれがへなちょこなばっかりに。本当にすまないと思うよ。負傷してまで一本先取してくれたのに。お前の努力が水の泡《あわ》になるかもしれないんだ」

ヴォルフラムは大袈裟《おおげさ》に溜《た》め息をつき、芝居《しばい》がかった口調でまったくだ、と言った。

「それもこれもお前がへなちょこなせいだ。だが、そんなへなちょこと知りながら、ぼくが何故お前に付くか判《わか》るか？」

「判りません」

フォンビーレフェルト卿は襟《えり》の釦《ぼたん》を一つ外した。瞳《ひとみ》の緑が雪に照らされていつもより明るい。

「ぼくがお前を見捨てる前に、自分の頭で考えろ」

おれはヨザックに詫びるべく、審判にタイムアウトを申し出た。

12

眼下では中断された試合が再開してすぐに、斧使いのヨザックが大シマロンの二人目に武器をはじき飛ばされた。先程までとは明らかに異なり、動きは精彩を欠いている。拾う隙《すき》も与《あた》えられず、両手をゆっくりと肩《かた》の高さに上げる。

「……あ……」

締《し》めつけられたフリンの声帯からは、低い溜め息しか漏《も》れなかった。苦しさのあまり頰《ほお》を流れた涙《なみだ》も乾《かわ》き、腕《うで》や膝《ひざ》にも力が残っていない。気怠《けだる》いのは酸素が全身に行き渡らないせいだ。満足な呼吸を求めては、指先が無駄《むだ》な抵抗《ていこう》を繰《く》り返した。

「見るがいい。貴様ごときの命のために、立派な戦士が自尊心を捨てている。おかしな話だ。あの男は本当の武人だ。女子供は知りもしないだろうが、苛烈《かれつ》な戦場を生き抜《ぬ》いてきた本物の男だぞ」

アルノルド還《がえ》りの経歴は、武人にとってはある種の称号《しょうごう》だ。

「なのに、こんなくだらん女の首一つのために、計り知れない屈辱《くつじょく》を受け入れようとしている……あの黒髪黒瞳の一派は実に妙《みょう》だ。奇妙《きみょう》すぎて理解に苦しむな。まあいい、この調子で三戦目も自粛《じしゅく》してくれれば、少しは私の胸もすく……ぐっ⁉」

不意に喉が楽になり、倍の空気が流れ込む。糸が断《た》ち切られたのだ。縛《いまし》められていた喉が自由になって、フリンは前のめりに膝を突《つ》く。新たな涙の滲《にじ》む目で見上げると、利《き》き腕と首に桃《もも》色《いろ》の革《かわ》を巻き付けて、マキシーンが入り口を凝視《ぎょうし》していた。

皆《みな》の驚愕《きょうがく》の視線の先には、絶世の美女が勇ましい姿で立っていた。緩《ゆる》やかに波打つ長い髪《かみ》と、抜けるように白い肌《はだ》。湖底を思わせる翠《みどり》の瞳は、正義感できらきらと光っている。

「そこの悪人、その手をお離《はな》しなさい！　でないと必殺の鞭《むち》が舞《ま》うわ。美しきものを汚《けが》す罪人は、このあたくしが許さなくてよ！」

「貴様何者だッ⁉　それと、警告は攻撃《こうげき》より先にするように」

後半部分の苦情には耳も貸さず、女性は鞭を片手に優雅な足取りで入ってきた。自慢《じまん》の巻き毛は腰《こし》まで伸《の》びて黄金に輝《かがや》き、自慢の武器は悩ましい桃色の革でできていた。軽くて細くて長くて丈夫《じょうぶ》、空中で自由自在に操《あやつ》れるという名工の手がけた逸品《いっぴん》だ。

「愛ある限り闘《たたか》いましょう、美熟女戦士、ツェツィーリエよっ！　どーおこれ？　アニシナに小説の企画《きかく》を渡《わた》したのだけれど、実験ばかりしていて書いてくれないのよ。あたくしだって子供達の英雄《えいゆう》になりたいのにィ」

なかなか的確な自己申告だが、お約束文句に独自性がないようだ。一回転して両腕《りょううで》を頭の後ろに。これが官能決め姿である。本日も大胆《だいたん》な切れ込みで、背中は殆《ほとん》ど丸出しだ。

利き腕と首を鞭で拘束《こうそく》されたマキシーンが、言ってはならないことを口にした。

「なんだこの、ケバい、露出狂《ろしゆつきよう》の、年増女は」

「……なぁんですってぇ……？」

その場の全員が凍《こお》りつく。

お待ちくださいその男は少々幼女趣味《しゆみ》な部分がございまして病《や》んでるのでございまして決してアナタサマが年増女に見えるというわけではケバいなんてそんなとんでもございません、とサイズモアが言い訳するより早く、ツェリ様は自力で逆襲を果たしていた。

「今なんて言ったのかしら聞こえなかったわぁぁぁぁっ！」

目に見えぬ速度で唸《うな》る鞭が、マキシーンの全身を嘗《な》めまわした。あまりに一撃一撃の間隔《かんかく》が短すぎるため、犠牲者《ぎせいしや》の悲鳴も長くは続かない。ただ「ぎゃ」とか「ぎゅ」とか「ぎょ」とかの二文字の呻《うめ》きが、破れ飛ぶ布きれと一緒《いつしよ》に連続して漏れるだけだ。

初めチョロチョロ中パッパ、女王泣かすな怒《おこ》らすな（眞魔《しんま》国文語体表記）の厨房《ちゆうぼう》格言に、マキシーンは背《そむ》いてしまったのだ。元女王の逆鱗《げきりん》に触《ふ》れた者は、誰一人として多くを語ろうとしない。

「……ん、が、ぐっ、くっ」

細身の鞭の奏《かな》でる狂想曲がようやく終わると、男は喉に何か詰《つ》まらせたみたいな息を吐《は》いて崩《くず》れ落ちた。来週もまた見てくださいねと続けたくなる。毛足の長い豪奢《ごうしや》な絨毯《じゆうたん》に横たわる姿は、掃除《そうじ》用具のモップ状になっていた。

無惨《むざん》なまでに、ボロボロだ。

「飲物が届くのが遅《おそ》いから、待ちくたびれて廊下《ろうか》に出てみたのよ。そうしたらなぁに？　悪人が女の子を虐《いじ》めているじゃない。そういう卑怯なことは許せないの。確かに美しさは罪だけれど、だからって首を絞《し》められる謂《い》われはないわ」

尖《とが》った靴《くつ》の爪先《つまさき》で、意識を失って転がる身体《からだ》を軽くつつく。

「美しい花には棘《とげ》があるものよ。どうしても手に入れたかったら、技《わざ》ではなく男を磨《みが》くことね。はい、シュバリエ」

お供の金髪《きんぱつ》青年に鞭を手《て》渡《わた》すと、彼は手際《てぎわ》よくマキシーンを縛《しば》った。何もかも心得ている様子だ。

「こ、これは、ツェツィーリエ上王陛下、何故《なぜ》このような場所に……」

先代魔王《まおう》は人差し指を唇《くちびる》にあて、しーっと小さく注意した。

「そんな無粋《ぶすい》な名前で呼ばないで頂戴《ちょうだい》。あたくしはもはや一人の自由恋愛人。地位とも権力ともお別れしたの。この身この掌《てのひら》に残されたのは、愛と美貌《びぼう》と清らかな心だけよ」

他《ほか》の誰かが口にすれば、反感を買う言葉だろう。だが彼女には絶対の説得力がある。元女王の魔力に抗《あらが》えるのは、他《ほか》ならぬ彼女の息子《むすこ》達だけだ。

「シマロンのお友達が招待してくれたのよ。戦士と戦士の血湧《わ》き肉躍《おど》る闘いだから、下の、もっと近くの席の方が臨場感があるのでしょうけれど……」

腰を屈《かが》めたシュバリエが、にっこりと主《あるじ》に囁《ささや》いた。

「奥方様、天下一武闘会《ぶとうかい》は、女人《にょにん》禁制であります故《ゆえ》」

「ええもちろん、貴賓席《きひんせき》での観戦を満喫《まんきつ》していてよ。選手の汗《あせ》までは感じられないけれど、雪や風に曝《さら》されなくて快適ですものね。あら、あなた確かギュンターの所のパカスコスね、何でも係の便利兵よね？　排水溝《はいすいこう》の詰まりを直したり、東屋《あずまや》の雨樋《あまどい》を修理したりしてたでしょ」

「あ、はあ、いやあ、うひょん」

それは水道屋のクラシアンですとは、今さら言えやしなかった。

上王陛下に目通りを許される機会など滅多《めった》になかったサイズモアは、今にも跪《ひざまず》きそうな勢いでひたすら頭《こうべ》を垂れている。

「ええと、頭が河童《かっぱ》似のあなたは誰だったかしら。まあいいわ。そんなに畏《かしこ》まらなくてもよくってよ。だって今のあたくしはフォンシュピッツヴェーグ卿《きょう》ツェツィーリエではなく、愛の狩人《かりうど》ツェリですもの。頭《ず》が高いなんて野暮《やぼ》なことは、遠い異国で言いっこな、し、よ」

ほころびかけた薔薇色《ばらいろ》の唇で、ツェツィーリエは蠱惑《こわく》的に微笑《ほほえ》んだ。軽く腰を屈めて上半身を乗り出すと、胸の谷間がちらりと覗《のぞ》く。

「ぶふはひゃ」

「艦長《かんちょう》、サイズモア艦長っ、鼻から赤い滝《たき》が流れてますッ」

「いいいいや、違《ちが》うぞこれは違うぞこれは」

「よくてよ艦長、ハナヂは心の汗ですもの。それよりこの夜会服、どうかしら。早春を思い描《えが》いて萌葱《もえぎ》で包んでみたのだけれど」

もちろん包んでいるのは豊満美麗《びれい》な肉体だ。セクシークィーンのフェロモンアタックを喰《く》らっては、海戦の勇者も形無しである。

堪《こら》えきれなかったのか、肩越《かたご》しに低い忍《しの》び笑いが聞こえる。自由恋愛旅行中のツェツィーリエが従えていたのは、お気に入りのお供、シュバリエだけではなかったのだ。

眼《め》を細めて寄り添《そ》っていた人間が、彼女の金の巻き毛に頰を寄せた。特に目を引く容貌《ようぼう》ではないが、嫌味《いやみ》なくらい物腰《ものごし》の上品な男だ。身に着けている物は全《すべ》て単色で、余分な飾《かざ》りは一切《いっさい》ない。しかし上質の素材と完璧《かんぺき》な採寸で、見る者が見れば一目で価値が分かる。銀の混じった栗色《くりいろ》の短い髪は、彼が軍人でないことを証明している。人間年齢《ねんれい》で予測すると、三十路《みそじ》と四十路の境くらいか。

非常に似合いのお二人なのだが、実はとんでもない歳《とし》の差カップルである。

「おやおや美しき憧《あこが》れの貴女《あなた》、先程《さきほど》私が褒《ほ》め称《たた》えたばかりではないですか。繊細《せんさい》な春色の薄絹《うすぎぬ》も素晴《すば》らしいが、芽吹《めぶ》く木々より、さやぐ幼い葉と蕾《つぼみ》よりも、貴女は勝《まさ》って美しいと。それとも初めての真実の愛に戸惑《とまど》う私の言葉では、平凡《へいぼん》すぎてご不満ですか？」

「あら、そんなことないわファンファンファン。可愛《かわい》いひと。あなたの言葉はあたくしを乙女《おとめ》に戻《もど》すもの」

ファンファン!? この口髭《くちひげ》も似合いそうな中年気障《きざ》紳士《しんし》が、そんな愛らしい名前なのか!?

「何を仰《おっしゃ》います、麗《うるわ》しき春の妖精《ようせい》よ。貴女こそが永遠の乙女です」

子供三人生んでるけどね。

臆面《おくめん》無しの賛辞の連発に、サイズモアは鼻血を飲み込んで必死に耐《た》えた。転げ回って全身を掻《か》きむしりたくなる。海の男にはいない型《タイプ》だ！　人間恐《おそ》るべし。

一方、水道屋と間違われているダカスコスは、フォンクライスト卿の悶絶《もんぜつ》日記を思い出していた。あれが何万部も売れるのだから、女性はきっとこういう言葉に弱いのだろう。次に女《にょう》房《ぼう》を怒らせたら、駄目《だめ》で元々だが試《ため》してみるべきか。とりあえずそれらしい一文を心の記録紙に書き付けた。「お前は永遠に頭が春だ」……大惨事《だいさんじ》が予想される。

「あらぁ、どうしたの二人とも。顎《あご》が外れたみたいな顔しちゃって。そうだわ、ファンファンを紹介《しょうかい》しておくわね。こちらはステファン・ファンバレンよ。シマロンで大きな仕事をしているの」

なるほど、それでファンファンか。本名ならば仕方がない。

中年紳士は小さく音を立てて、年上の恋人《こいびと》の額にキスをした。軍人達の腕《うで》に鳥肌《とりはだ》が立つ。

「大きな仕事だなんてとんでもない。愛《いと》しい方、貴女は私を買い被《かぶ》りすぎです。貴女の気高き美しさに比べたら、私のつまらぬ商《あきな》いなど足下《あしもと》にも及《およ》びません。天に瞬《また》く星々と、地に生える雑草くらいの違いがある」

明らかに比較《ひかく》の仕方を間違えているのに、ツェリ様はくすぐったそうな笑い声をあげた。元女王陛下はすこぶるご機嫌《きげん》だ。

「それで、この可愛らしいご婦人はどなたなのかしら。どちらのお国の方？　髪の色がとっても綺麗《きれい》ね。お手入れには何の花の油を使っていて？」

「……あ、の」

うまく声がでてこない。気付いたシュバリエが隣室《りんしつ》から水差しを持ってきて、座り込むフリンに水を渡《わた》した。少しずつ喉《のど》に流してやると、ようやく言葉が戻ってくる。

「どうか座ったままでのご無礼をお許しください……私はカロリアのフリン・ギルビットと申します……あの……奥方様は、いったい」

「あたくし？　あたくしは愛の狩人ツェツィーリエよ。どうぞツェリって呼んで頂戴。あなたのような美しい娘《むすめ》を苦しめるなんて、男としての風上にも置けないわ。どうなさったのフリン、愛憎《あいぞう》のもつれ？　他に想《おも》いを寄せる殿方《とのがた》がいるのかしら。ああ美しさって罪ね。こうして何人もの異性を虜《とりこ》にしてゆくのだわ」

「あのーツェリ様、フリンさんとマキシーンは痴情《ちじょう》のもつれではありませんー。もっとドロドロしてるんですがー」

「なぁにバカスコス、もっと泥沼《どろぬま》だというの!?　ああっじゃあもしかしてお互《たが》い家庭がありながら……っやぁん、燃えるわ。ねえフリン、聞かせて。相談に乗るわ。もしもあたくしでよろしければ……あらぁ」

元女王様の鞭《むち》に締《し》め上げられたまま、マキシーンが床《ゆか》で低く呻いた。

「大変、あたくしとしたことが。とりこにした殿方をすっかり忘れるなんて」

「殿方だなんて！」

悲鳴に似た声でフリンは叫《さけ》んだ。怒《いか》りで身体が震《ふる》える。

「その男は薄汚《うすぎたな》い獣《けだもの》です！」

「そうなの？　ケダモノ……ちょっとときめくような……まあ、あたくしもこういう陰鬱《いんうつ》とした顔の男性は、どちらかといえば好みではないのだけれど……彼は彼で鞭打たれている姿なんか、けっこう可愛いかもしれなくてよ？　うふ、脚《あし》を載《の》せちゃおうかしら」

「もぎょ」

「うふふ、けだものだもの、踵《かかと》で踏《ふ》んでもいいわよね」

ダカスコスは震え上がった。眞魔《しんま》国には決して逆らってはいけない相手が三人いる。眞王陛下とツェリ様とアニシナ嬢《じょう》だ。

「それよりも、どうか、奥方様……ツェリ様、早く大佐《たいさ》にこのことを報《しら》せないと。あの人まだ私が人質《ひとじち》にとられていると思っているわ！　このままでは三回戦も負けることになる。次は恐《おそ》らく……大佐ご自身が……」

「大佐ってだぁれ？　そうそう、次は誰《だれ》が出場するのかしら。ねえフリン、あたくしの息子の雄姿《ゆうし》を見た？　とっても可愛らしかったでしょう。あの子がクマなしで眠《ねむ》れないよちよち歩きの頃《ころ》に、最初に剣《けん》を与《あた》えたのはあたくしなのよ。父親はまだ早いと反対だったのだけれど、ある夜お気に入りの灰色クマに短剣を仕込んでおいて……あら、あなたが解放されたことを、一刻も早く下の皆《みな》に報せたかったのね。いいわ、じゃあこうしましょう」

ツェツィーリエはすいと窓辺に立ち、肩《かた》を覆《おお》った春色の絹を解いた。それをカロリア側のベンチに向けて、優雅《ゆうが》に何度か振《ふ》ってみせる。

「ねえバカスコス、せっかくだから葡萄酒《ぶどうしゅ》を頂戴《ちょうだい》。ずっと飲物を待っていたの……でも二人とも何故《なぜ》、飲物屋を始めたの？　軍隊のお給料に不満でもあるのかしら。可哀想《かわいそう》に、あんな重そうな保冷箱を運ぶなんて」

「箱!?」

フリンとサイズモアとダカスコスは一斉《いっせい》に顔を上げ、緑の布に覆われた模造箱を見た。入ってすぐの壁際《かべぎわ》に、放置したままだったのだ。

「母上!?」

自分そっくりの女性の姿を目にして、三男坊《ぼう》は仰天《ぎょうてん》した。痛めた腰《こし》にひびきはしないかと、おれと村田は思わず支えようとする。

「無理して立つなヴォルフ、母親が来たから張り切っちゃうなんて、お前は授業参観の一年生かっつーの……母上って……ツェリ様⁉」

反射的に視線を向けると、さっきまでフリンが押し付けられていた場所には、微笑《ほほえ》むフォンシュピッツヴェーグ卿《きょう》ツェツィーリエ様がお立ちになっていた。萌葱色《もえぎいろ》のドレス姿も悩《なや》ましい、一足早い春のセクシークィーンだ。村田は眉間《みけん》に皺《しわ》を寄せて目を凝《こ》らし「ああ、彼女がねー」なんて呟《つぶや》いている。

「なんで大シマロンに母上が……」

「そりゃヴォルフ、答えは一つしかないよ。認めたくないのは判《わか》るけどさ」

自由恋愛《れんあい》主義者の新しい恋人は、シマロン商人だったはず。

「お袋《ふくろ》さん多分、お前より若い男とエンジョイラブの関係なんだよ。とにかくっ、ツェリ様のあの素晴《すば》らしい笑顔《えがお》を見るにだな、フリン・ギルビットは救出された可能性が高い。いくら陽気なフォンシュピッツヴェーグ卿だって、人質が首絞《し》められてる脇《わき》でスカーフ振ったりはしないだろう」

「母上のことを悪く言うな」

「悪く言ってねえよ」

それでもこれはかなりの朗報だった。故意に敗北を選ばされたヨザックには悪いが、まだ最後の希望は残されている。今の段階では一勝一敗、五分と五分だ。三戦目でどうにか引き分けに持ち込めば、延長勝負という目もでてくる。その場合、何回裏表までやるのかは、規定書にもなかったので判らないが、少なくとも敗れ去る瞬間《しゅんかん》は、先延ばしになったということだ。

土下座《どげざ》をも辞さぬ覚悟《かくご》で臨《のぞ》んだ説得に、ヨザックは案外あっさりと応じてくれた。拍子抜《ひょうしぬ》けするおれを前に立たせて、彼は刃にこびり付いた雪を拭《ぬぐ》った。

「頭を下げることなどない。オレはあなたの兵だ、どんな命令にでも従いますよ」

だが、巧妙《こうみょう》に敗者を演じ切り、息をついてベンチに座った彼は、感情は別であると告げていた。額が膝《ひざ》につくくらい、広い背中を曲げている。

逆に感情的だったのは対戦相手のアーダルベルトで、対戦者がわざと負けた、故意に武器を手放したのだと、猛然《もうぜん》と審判《しんぱん》に食ってかかった。勝者の態度とは思えない。しかしジャッジが覆《くつがえ》るはずはなかった。会場中のシマロンの民《たみ》は歓喜《かんき》に震え、国旗の黄色がそこら中にあふれかえったのだ。大観衆の機嫌を損ねてまで、取り直しを命じるわけがなかった。

おれたちカロリアに残されたのは、あと一度きりの最後のチャンスだ。だがツェリ様がフリンを解放してくれたお陰《かげ》で、このカードを存分に生かすことができる。

これで三戦目の選手が健闘《けんとう》すれば、まだ優勝の望みもあるのだ。

「三人目に期待しようぜ、みんな。あいつが引き分けに持ち込んでくれれば、また振り出しに戻《もど》るって可能性もあ……」

その場で黙《だま》り込む全員が、困ったように眉尻《まゆじり》を下げていた。六つの視線はすべておれに注がれている。

三人目って、おれじゃん。

「うわー！　まずい、まずいまずいまずい！　どうしよう村田、どうするヴォルフ!?」

とんでもないワイルドカードを残してしまった。

「最終的には、棄権《きけん》するという手も」

「それはできない、それはできないよ。だってここまで勝ち上がってきたんだぜ!?　しかもフリンの件も解決して、思う存分全力で闘《たたか》えるんだぜ!?　なのに最後の一戦でリタイアなんて、もったいなくてできねーよっ」

「じゃあ陛下が出るしかなさそうですね」

まだ悔《くや》しさの残る顔で、ヨザックがボソボソと呟いた。

「どのみち陛下が危険になれば、オレも閣下も黙って見てはいません。たとえ違反行為《いはんこうい》になり、そこで失格が宣告されても、敵とあなたの間に入りますよ。もう人質もいないんだから、今度こそ遠慮《えんりょ》無く斬《き》り捨てます。叩《たた》き斬ります。ぶった斬ります。それこそ、あっという間にね」

「お、怒《おこ》ってる？」

「怒ってませんて」

両足を組んでヴォルフラムも頷《うなず》いている。ぶった斬り説に同意しているのだろう。

「人を殺すなとか説教しても無駄《むだ》です。オレたちにとってカロリアの優勝と陛下では、重さの比重が違《ちが》いすぎる。だから、もしも陛下ご自身が出場したいと仰《おつしや》るなら、オレも閣下も止めませんよ」

目の前には五万の大観衆。そんな中で繰《く》り広げられるのは、武器と武器での本気の斬り合いだ。怪我《けが》では済まないかもしれない。

でも。

おれは唇《くちびる》を嚙《か》み、相棒に選んだ金属バットを握《にぎ》った。

でもあと一歩なんだ。

あと一歩で「何か」を得られるんだ。

十六年の人生で最高の大番狂《おおばんくる》わせが、今日この瞬間に起こるかもしれない。それに……。

「僕は言ったよな、渋谷。きみは護《まも》られることに慣れなくちゃいけないって」

人差し指で押し上げようとして、村田は自分が眼鏡《めがね》を掛《か》けていないことにやっと気付いたようだ。

「助言を聞いた上での結論かい？」

「その『言ったよな』シリーズならこっちにもあるぞ。確かお前はこうも言ってたよな。おれとお前は特殊《とくしゅ》な関係なんだって。強大な力を持つ王に手を貸すことができるって。自分でもこんな……爆発《ばくはつ》のきっかけも判らなけりゃ、コントロールも効かない力をあてにするのは無謀《むぼう》だと思う。それは判ってる。でももしあれで勝てるなら……合体技《わざ》を」

「駄目《だめ》だ！」

おれの言葉を遮《さえぎ》って村田は激しく首を振った。

「危険すぎる。いくら雪が味方するとはいえ、ここは人間の土地だ。しかも隣《となり》は神殿《しんでん》だぞ⁉ どんなアクシデントが起こるか予測もできないんだ！ そんな危険なことをさせられるもんか……きみがどうしても出場すると言い張るなら、僕ももう止めやしないさ。こう言って欲しいんだろう？ 誰《だれ》かの代わりに、口癖《くちぐせ》を真似《まね》て。こうなると思った、って」

「うん。言ってくれよ」

おれは首を左右に傾《かたむ》けて、肩の筋肉を解《ほぐ》している。新しいバットを使う前に、何度か素振《すぶ》りが必要だろう。村田の心配が杞憂《きゆう》だとは言わないが、先程《さきほど》までよりずっと調子はいい。外国の神様の影響《えいきょう》は、そう深刻ではなさそうだった。

濡《ぬ》れて色が濃《こ》くなった髪《かみ》を掻《か》き回し、友人は珍《めずら》しく苛立《いらだ》っている。

「嫌《いや》だね、もう言ってやれないよ。まさかこうなるとは思わなかったんだ……頼《たの》むよ渋谷、怪我をしないでくれ。最終奥義《おうぎ》を授《さず》けるから。いいか、ピンチになったら急所攻《ぜ》めだ。急所がどこか知ってるか？」

おれは無意識に正解の部位を押さえていた。この世の全《すべ》ての男の急所を知っているが、敵の股間《こかん》を蹴《け》るなんてそんな……すっぽ抜《ぬ》けフォークが当たった時の衝撃《しょうげき》が蘇《よみがえ》り、思わず内股《うちまた》になってしまう。ファールカップ越《ご》しでさえあれなのに。想像するだけで脂汗《あぶらあせ》だ。

「約束してくれ。どんな相手でも同情しないって。いざとなったら自分のためにどんな手でも使うって」

「村田、何をそんな具体的なこと言ってんの、まるで相手の実力がもう全部判ってるみたいじゃん。もしかしたら向こうもうちと同じで、最弱の男を大将に据《す》えてるかもしれないし……」

会場中が歓声《かんせい》と足踏《あしぶ》みで揺《ゆ》れた。大シマロン側の三人目が準備を終えたのだ。突《つ》き上げる地《じ》響《ひび》きみたいな振動《しんどう》は、箱の一部が解き放たれた瞬間に似ている。

不安と気負いと緊張《きんちょう》で、胃の下の方がしくりと痛んだ。

「あなたたちのしてくれたお話によると」

フォンシュピッツヴェーグ卿ツェツィーリエと、フリン・ギルビット、サイズモア艦長《かんちょう》とダカスコスは、文字どおり額を突《つ》き合わせて相談していた。シュバリエは縛《しば》り上げたマキシーンを捨てに行き、ステファン・ファンバレンは扉《とびら》の向こうで待たされている。仮にもシマロン商人である男に『箱』の奪還計画を聞かせるわけにはいかない。

「この大シマロンの神殿に『風の終わり』があるということね？」

国を離《はな》れて久しいツェリ様には、どれもこれも耳新しい事実ばかりだ。フリンもダカスコスもサイズモアも、ウェラー卿の件だけは敢《あ》えて隠《かく》していた。息子《むすこ》の死を告げる大任は自分達にはとても務まりそうにない。陛下には三男であるヴォルフラム閣下がいらしているのだから、肉親の口から慎重《しんちょう》に宣告してもらおうと考えたのだ。

彼の腕《うで》が間違った鍵《かぎ》として使われて、カロリアを壊滅《かいめつ》状態にしたこともだ。

先代魔王《まおう》は歳《とし》に似合わぬ可愛《かわい》らしさで、綺麗《きれい》な眉《まゆ》を軽く顰《ひそ》めた。

「そして、陛下……フリンにとっては大佐《たいさ》かしら？ あのかたはそれを手に入れようとテンカブに出場されたのね。なのに猊下《げいか》は勝負がつく前に、箱を偽物《にせもの》とすり替《か》えるようにと命じられた……何故《なぜ》かしら。優勝できないほうに賭《か》けてらっしゃるのかしら……」

ツェツィーリエは僅かに小首を傾げていたが、薄く開いた口元に指先を当て、貴婦人らしく驚いた。

「いえ、ちょっと待って頂戴《ちょうだい》、猊下ですって⁉ あの双黒《そうこく》の大賢者様が、どうして話にでてらっしゃるの？ 誰もお会いしたことはないはずよ。それどころか、どこにいらっしゃるのかさえ……ねえバカスコス、猊下の髪と瞳《ひとみ》も漆黒《しっこく》だった？ 本当の本当に肖像画《しょうぞうが》のとおりのお美しい御方なの？」

美人に肩《かた》を摑《つか》んで揺さぶられ、下っ端《ぱ》兵士はあらゆる意味でクラクラする。

「い、い、い、いいえ、髪は妙《みょう》な金色で目は妙な青でした」

「ええー？　そんな、乙女《おとめ》の憧《あこが》れを打ち砕《くだ》くようなこと言うものじゃないわ」

「でっでっでも、猊下は猊下であらせられますするのでござりますするものでありますから」

「あの、どうか奥方様、試合が終わったらすぐにクルーソーさんとお会いになれますし……今はとにかく箱の奪還に関して、お知恵《ちえ》とお力をお貸しくださいますよう……」

一番冷静なのはフリンだった。もっともそれは、魔王と大賢者が共にいることが、どれだけ凄《すご》いか知らないからだ。

「でもねフリン、あたくしは神殿内に詳《くわ》しくないし、箱をすり替える助けになれるとも思えないわ。だって女の細腕《ほそうで》では、警備兵とやり合うなんて無謀でしょう？」

三人の思考が瞬間《しゅんかん》的に一致《いっち》した。うなる鞭《むち》、叩きのめされるマキシーン。そりゃもうズタボロ。皆《みな》のそんな回想には気付かずに、ツェリ様はとんでもない提案をする。

「よければファンファンに頼んであげる。彼ならきっと協力してくれると思うの」

全員一斉《いっせい》に怒濤《どとう》の「はあー!?」だ。

恋愛《れんあい》しすぎで脳味噌《のうみそ》まで溶《と》けてしまったのかと、魔族二人は嘆《なげ》き悲しんだ。フリンはそれぞれの顔を順番に見ていたが、どう言葉をかけていいか判《わか》らない。その間にもツェツィーリエは扉まで歩き、年下の恋人《こいびと》を連れてくる。

「ね、ファンファン。どうか力を貸して頂戴。あなたならきっと、あたくしを助けてくれるわよね？」

「箱を……『風の終わり』を偽物とすり替えるのですか？　これはまた大胆《だいたん》な作戦だ」

もう駄目だ、絶望的だ。当のシマロン国民に、そんな非常識な作戦を打ち明けたらお終《しま》いだ。すぐにも警備兵を呼ばれ、神殿から放《ほう》り出されるに違いない。三人は身構えた。この際、任務の遂行《すいこう》は断念して、隙《すき》をみて撤退《てったい》するべきだ。年長者の責任として、サイズモアはやむなくそう判断した。

「いいでしょう」

「撤退！　フリン殿《どの》、ダカスコス、撤退で……今なんと……？」

優男《やさおとこ》は軽く肩を竦《すく》め、仕方がないと頬《ほお》を緩《ゆる》めた。

「愛《いと》しい人、他《ほか》ならぬ貴女《あなた》の頼みです、断れるはずがありません」

は？

「ですからそのように美しい瞳を潤《うる》ませないで。貴女の望みは私の望みでもある」

はあ？

「どうか麗《うるわ》しのツェツィーリエ、涙《なみだ》を流さないで。貴女の望みをかなえる栄誉《えいよ》を私にお与《あた》えください」

はああ⁉

今にも跪《ひざまず》きそうだ。恋愛に関して素人《しろうと》同然の三人は、予想を裏切る展開に呆然《ぼうぜん》としていた。

サイズモアは堪《たま》らず右腕《みぎうで》を掻いている。

「しかしファンファン殿、貴殿《きでん》はシマロンの商人であろう。母国の益とならぬ行いに手を貸すことは、シマロン人の倫理《りんり》に背《そむ》くのではないかな」

ステファン・ファンバレンは嫌味《いやみ》のない笑《え》みを浮《う》かべ、軍人からは想像もつかない職業理念を述べた。

「この国が最強の兵器を持ち、圧倒《あっとう》的な力で世界を制圧したら……私達の存在する意味がなくなります。いいですか、私は根っからの商人なのですよ。剣《けん》も盾《たて》も、弓も矢も、鉄も鋼《はがね》も売りたいのです。そしてできるならば一つの国だけでなく、多くの国家と取り引きしたいのです。さ、では参りましょうか。異国の方々。場所と一部の警備に関してはお役に立てますが、その他《ほか》の小競《こぜ》り合いは皆様《みなさま》方にお任せしますよ」

こういう男はある意味、一番厄介だ。だが今は彼の商魂を信じ、一時的にでも手を組むしかない。もしも作戦が成功したら、全員で恋愛自由党に入る心づもりだ。

「シュバリエも連れて行くといいわ。そろそろ戻《もど》るはずだから……フリン、あなたはだめよ」

男の列に従おうとしたフリン・ギルビットを、ツェツィーリエは手招いた。

「ここで休んでいるべきだわ。あなたはとても疲《つか》れているし、痛手からも抜けきれていない。あたくしとゆっくり決勝戦でも観覧しましょう。女性同士というのも素敵《すてき》なものよ」

箱を持って神殿の最奥《さいおう》部に向かう男達を見送ってから、ツェツィーリエとフリンは貴賓《きひん》室の鍵を閉めた。窓際の長椅子《ながいす》に陣取《じんど》って、元女王は優雅《ゆうが》に葡萄酒《ぶどうしゅ》の杯《さかずき》を傾ける。彼女ほど経験を積んでいないせいか、フリンにはそこまでの余裕《よゆう》がない。

「ファンファンのことが心配なのね」

「いえ奥方様、決して奥方様の……あの……恋人の方を疑うようなことは……」

「あらいいのよ、ツェリって呼んでちょうだい」

膝《ひざ》の上で握《にぎ》られたフリンの手に、白く細い指をそっと重ねる。

「ねえフリン、彼なら大丈夫《だいじょうぶ》。生まれついての商人ですもの。先程の言葉に嘘《うそ》はないと、このあたくしが保証するわ。ステファンは自らの理念に従って生きている。国家よりも家に忠誠を誓《ちか》っているのね。でもあたくしは違う」

不意に硝子《ガラス》の向こうに眼《め》をやって、ツェツィーリエは他の誰にでもなく、自分自身の心に呟《つぶや》いた。

「……国に仇《あだ》なすことはしないわ……もう二度と……」

窓の向こうは強まった雪と松明《たいまつ》で、白い闇《やみ》が広がっていた。闘技場《とうぎじょう》の中央には、選手も審判《しんぱん》も残っていない。すぐに元どおりの軽《かろ》やかな口調に戻り、魔族の美女は黄金の巻き毛を揺らした。

「ね、フリン。あなた恋人はいて？　これまでに結婚《けっこん》は何度したの？」

そう何度もするものでもない。

「……一度、しましたが、夫には先立たれました」

「まあ！　じゃあすぐにでも新しい恋をみつけないと。だったらうちのシュバリエはどーお？　無口だけどとっても気が利《き》くし、どんなことでもできるのよ。あ、それとももう意中の人がいるのかしら。ねえ、どんな方？　歳《とし》は上？　年下のひとも可愛くてお薦《すす》めよ」

「いいえ、私はもう……カロリアと結婚していますから」

耳の奥に、一瞬《いっしゅん》だけ聞こえた名を否定して、フリンは自嘲《じちょう》気味に微笑《ほほえ》んだ。すべては大切な場所のため。夫と自分の愛した小さな世界のため。

「そうなの。偉《えら》いわ、禁欲的ね。使命に生きる女性ってとても美しいと思うわ」

フォンシュピッツヴェーグ卿《きょう》ツェツィーリエは、杯を胸の前で止めたままだ。

「ねえ、フリン、あたくしもかつて一国の長《おさ》だったことがあるのよ」

「え……」

今更ながらに相手の高い地位を思い知らされ、フリンは椅子《いす》から腰《こし》を浮かせた。

「ああ構わないのよ。言ったでしょう、今は愛の狩人《かりうど》だって。今は自分が誰《だれ》なのかきちんと弁《わきま》えていてよ。でもね、そのときは自分自身が何者なのか判らなかったの。あたくしには政《まつりごと》など向かないし、理解も統治もできないと思ったのね。だから、兄にすべてを任せたの。兄のシュトッフェルはあたくしと違って、国を治めることにとても意欲的だったから。でも」

斜《なな》めに傾《かし》いだ硝子から、赤い液体が一滴《ひとしずく》、膝に落ちる。

「でも今では、それをとても後悔《こうかい》しているの……ねえあなた、よく覚えておいて」

ツェツィーリエはフリンの指をぎゅっと握った。

生まれた土地も、種族の名も、境遇《きょうぐう》も違う。生きてきた長さも、生きてゆく遠さも大きく異なる。それでも皮膚《ひふ》越しに伝わる血の中には、僅《わず》かに同じものが含《ふく》まれていた。

長い歴史の中のほんの一瞬だけ、一つの国を治める女性の運命だ。

「血筋でも、民意でも、預言でもいいわ。運命の悪戯《いたずら》で、やむを得ず椅子に座ることもあるでしょう。どんな経緯《いきさつ》で王に……民《たみ》の長になったとしても、そのひとには必ず理由があるのよ。それを忘れて、何もかもを自分の手から放し、全《すべ》てを他人に委《ゆだ》ねては駄目《だめ》。いいこと、フリン。あなたの中には、首となった理由が必ずある。それを見つけなさい。そして全身全霊《ぜんれい》をかけて、あなたの国を自分の手で護《まも》りなさい」

「……ええ」

「決してあたくしのようになっては駄目よ……ああでもそれとこれとは話が別。恋多き女領主というのも素敵《すてき》じゃない？」

ちらりと過去に触《ふ》れる告白は、十代の娘《むすめ》みたいなはしゃぎ声で終わった。

ツェツィーリエは硝子に両手を突《つ》き、額を押し付けるようにして眼下に目を走らせる。

「こんなに殿方《とのがた》がいるのだもの、きっとあなたのお眼鏡《めがね》に適《かな》う人がいるはずよ。試合が始まるまでの間に、恋人候補を捜してみるのはどうかしら」

「いいえツェリ様、私はそんなっ」

「遠慮《えんりょ》なさらないで。同性の年長者のお節介《せっかい》は、ありがたく受けておくものよ……あぁん、つまらない、さすがにこの高さでは、顔まで見分けるのは難しいわね……そうだわ！」

ツェツィーリエはお供の荷物を勝手に開け、掌《てのひら》に載《の》る小型の筒《つつ》を取り出した。三ヵ所の繋《つな》ぎ目を引っ張ると、細工も美しい銀色の望遠鏡になる。

「これを使ってみるのを忘れてた。お友達のアニシナが作ってくれた魔動遠眼鏡よ。ここ、ほらね？　ここのところに魔動の素《もと》が入っているから、どんな地域でも快適に見られるの。暗視装置が標準装備だから、薄暗《うすぐら》い場所でも睫毛《まつげ》の数までばっちりよ。息を潜《ひそ》めての殿方観賞に最適だけれど、テンカブ観戦にも役立ちそうね」

「殿方観賞、ですか」

「ちょっと待って。あたくしに先に見させてね……陛下はなぜあんなおかしな仮面を被《かぶ》っているのかしら。せっかくの可愛《かわい》らしいお顔が台無しなのに……」

夫の遺品をおかしな仮面呼ばわりされても、今さら憤慨《ふんがい》する気にもなれなかった。

ツェリ様は大シマロン側にも望遠鏡を向け、薄暗い待合い場所に目を凝《こ》らす。

「ヴォルフラムが現れたときも驚《おどろ》いたけれど、二人目のアーダルベルトも意表をつかれたわ。こんな遠い異国に旅してまで、魔族《まぞく》の姿を見るとは思わなかった……あっ」

「どうなさいました？」

隣《となり》に座る貴婦人の身体《からだ》から、すっと血の気が引いていく。舌がもつれるのか、言葉も不明瞭《ふめいりょう》になり、声が震《ふる》えて聞き取れない。

「まさかそんな……眞王《しんおう》陛下、貴方《あなた》という御方は……」

あの子にどれだけの重荷を負わせるおつもりですか。


おれの楽観的すぎる希望は、一瞬の後に衝撃《しょうげき》でうち破られた。

死角になった大シマロン側のベンチでは、まず長めの剣《けん》の光が動いた。続いて長身の男の影《かげ》が、大きく揺《ゆ》らいで立ち上がる。松明にちらりと照らされて、シマロン人にありがちな茶色の髪《かみ》が見える。更《さら》に顔の半分も。遠くてはっきりとは確認《かくにん》できないが、やはりこの大陸の人間に多い、薄《うす》い茶色の瞳《ひとみ》を持っているはずだ。

おれは……おれたちは息をするのを忘れた。

「……コンラッド……？」

ウェラー卿コンラートの左足が、ゆっくりと雪を踏《ふ》み締《し》める。

「畜生《ちくしよう》ッ！」

まず、膝が震え、足の下が急に沼《ぬま》になり、自分が沈《しず》んでいくような気分になった。続いておれは意味のない叫《さけ》び声をあげて、心許《こころもと》ない地面を蹴《け》っていた。息苦しいのはこのせいかと、他人のマスクをかなぐり捨てる。ぬかるむ中を必死に掛《か》け進むうちに、それが泥《どろ》でも沼でもない、もうかなり積もった雪なのだと気がついた。村田がおれの名前を呼んでいる。走れないヴォルフラムがベンチから立ち上がり、ヨザックに行けと指示している。見えないはずの後方まで、全方向カメラみたいに視覚に飛び込んでくる。

畜生ッ、心配させやがって！

どうあっても一発殴《なぐ》ってやろうと、走りながら右手の拳《こぶし》を固めた。リーチが届く、もう目の前に彼がいるという地点で、大きく右腕《みぎうで》を振《ふ》りかぶり最後の一歩を思い切り踏み込んだ。

「がぶ」

ウェラー卿は一ミリたりとも避《よ》けなかったが、こっちの視界は灰色に染まり、自分が汚れた雪の中に突っ込んだのだと知った。転んだのだ。いざという時になって。

「お久しぶりです、陛下……大丈夫《だいじようぶ》ですか」

見慣れた微笑《びしよう》でコンラッドは、剣を持たないほうの手袋《てぶくろ》を外した。利《き》き腕じゃないほうだ。差しだされた掌を躊躇《ちゆうちよ》なく握《にぎ》って、おれはのろのろと立ち上がった。膝《ひざ》も胸もずぶ濡《ぬ》れだが、掌は血が流れて温かかった。

「……生きてる」

「ええ、生きてます」

氷水を蹴散《けち》らして駆けつけたヨザックが、絶妙《ぜつみょう》な間合いを置いて止まった。彼の手が斧《おの》の柄《え》を握り直すのを目にして、ひどく不思議な気持ちになる。なぜ武器を構える必要がある？

ウェラー卿だ。あんただって知ってるだろう。コンラッドだよ。

古い傷の残る眉《まゆ》と、銀を散らした独特の虹彩《こうさい》。狼狽《うろた》えることなどなさそうで、誰にでも好かれる人のいい笑顔《えがお》。おれは名前を呼び損《そこ》ねて、握ったままの手に視線を落とした。重ね慣れた手だ。よく知っている指だった。彼がいつもぎこちなくグラブを塡《は》める左手だ。

「……左腕がある!?」

「ありますよ。残念ながらこれは……あなたを抱《だ》いた腕ではないですが。脚《あし》もちゃんと二本あります、念のために触《さわ》って確かめますか？」

「なんでどうして!?　じゃあマキシーンが持ってたあの腕は、誰か他《ほか》の奴《やつ》の偽物《にせもの》だったのか」

他人の空似ならぬ、他人の腕似。そんなはずはない。あれは確かに彼のものだった。

「陛下！」

滅多《めった》に聞けないグリエの緊張《きんちょう》した声。

「離《はな》れてください」

「何だよヨザック、コンラッド生きてたんだぞ？　もうちょっと素直《すなお》に感動したって……」

「いいですか、陛下。今すぐに離れてください。彼は三人目だ」

「さんにんめって、な……」

「着ている物を見て。離れるんだ、彼は三人目です！」

ウェラー卿《きょう》コンラートは、彼らしくない色合いの服を身に着けていた。ジャングルではすこぶる闘《たたか》い難《にく》そうな、黄色と白の制服だ。此処《ここ》に来るまでに嫌《いや》というほど目にしている。

全員が、大シマロンの兵士だった。

「なんでそんなもん着てるっ⁉」

一気に頭に血が上り、こめかみ辺りの脈動が異様に強くなる。痛いほどだ。

「なんでそんな服着てるんだ⁉　なんでこんなとこに……どうしてシマロンなんかに……」

ウェラー卿はおれに胸《むな》ぐらを掴《つか》まれたままで、ことも無げにこう答えた。

「元々ここは、俺の土地です」

まるで氷に触れていたみたいに、指が強《こわ》ばって動かなくなる。

人間の王の血を引く親《ちか》しい魔族は
その左手でおれの頬《ほお》から雪を払《はら》った。

あとがき

ゴ機嫌《きげん》デスカ喬林《たかばやし》デスイロイロナ意味デいれぎゅらーナアトガキナノデ挨拶《あいさつ》シテイル余裕《よゆう》モアリマセン……急ぎすぎました。あとがきが一頁《ページ》しかないなんて初めての経験なので、少々パニック気味です。さくさく行こう、さくさくと。まず「みんなの秘密編」あるいは「ザッツ・橋田壽〇子（台詞《せりふ》が長い）」という本文のご読了《どくりょう》、お疲《つか》れさまでした。いやもうホントに。この上は速攻《そっこう》で、次巻ですんなりカロリアの件を完結させ、それから滞《とどこお》ってるお返事ペーパー（ごめんなさい）と薄本《うすほん》（遅《おく》れてます）だ、と反省しています。とにかく続きはお早めにお届けできそうで……多分できると思う、できるんじゃないかな、まちょっと覚悟《かくご》は……縁起《えんぎ》でもなーい。それから、秋頃にCDが発売されると風の噂《うわさ》で聞きました。この本に詳細《しょうさい》が挟《はさ》み込まれている様子です。夢にでるほどの豪華《ごうか》キャストなので、是非《ぜひ》ともチェックしてみてください。なんだろう喬林、この充実《じゅうじつ》ぶりは。お、思い出づくり？　人生は、山あり谷ありいろは坂（五七五）ですね。では次巻「ち㋮！」でお会いできたら嬉《うれ》しいです。その略し方もどうなの……。

喬林　知

「天に㋮のつく雪が舞う！」の感想をお寄せください。
おたよりのあて先
〒102-8078　東京都千代田区富士見2-13-3
角川書店アニメ・コミック事業部ビーンズ文庫編集部気付
「喬林　知」先生・「松本テマリ」先生
また、編集部へのご意見ご希望は、同じ住所で「ビーンズ文庫編集部」
までお寄せください。

天に㋮のつく雪《ゆき》が舞《ま》う！

喬林《たかばやし》　知《とも》

角川ビーンズ文庫　BB4-8　12964

平成15年6月1日　初版発行
平成17年7月30日　15版発行

発行者――――井上伸一郎
発行所――――株式会社角川書店
東京都千代田区富士見2-13-3
電話／編集（03）3238-8506
営業（03）3238-8521
〒102-8177　振替00130-9-195208
印刷所――――暁印刷　製本所――――本間製本
装幀者――――micro fish

ISBN4-04-445208-3 C0193 定価はカバーに明記してあります。